CAÍN

JOSÉ SARAMAGO

CAÍN

Traducción de Pilar del Río

ALFAGUARA

ALFAGUARA

Título original: *Caim*
© 2009, José Saramago y Editorial Caminho, S.A. Lisboa
© De la traducción: Pilar del Río
© De esta edición:
   D. R. © Santillana Ediciones Generales, S.A. de C.V., 2009
   Av. Universidad 767, Col. del Valle
   México, 03100, D.F. Teléfono 5420 7530
   www.alfaguara.com.mx

Primera edición: octubre de 2009
Segunda reimpresión: febrero de 2010

ISBN: 978-607-11-0316-1

© Diseño de cubierta: Rui Garrido

Impreso en México

A Pilar, como si dijera agua

Por la fe Abel ofreció a Dios un sacrificio
mejor que el de Caín; por la fe, Dios mismo,
al recibir sus dones, lo acreditó como justo;
por ella sigue hablando después de muerto.

Hebreos,11,4
LIBRO DE LOS DISPARATES

1

Cuando el señor, también conocido como dios, se dio cuenta de que a adán y eva, perfectos en todo lo que se mostraba a la vista, no les salía ni una palabra de la boca ni emitían un simple sonido, por primario que fuera, no tuvo otro remedio que irritarse consigo mismo, ya que no había nadie más en el jardín del edén a quien responsabilizar de la gravísima falta, mientras que los otros animales, producto todos ellos, así como los dos humanos, del hágase divino, unos a través de mugidos y rugidos, otros con gruñidos, graznidos, silbos y cacareos, disfrutaban ya de voz propia. En un acceso de ira, sorprendente en quien todo lo podría solucionar con otro rápido fíat, corrió hacia la pareja y, a uno y luego al otro, sin contemplaciones, sin medias tintas, les metió la lengua garganta adentro. En los escritos en los que, a lo largo de los tiempos, se han ido consignando de forma más o menos fortuita los acontecimientos de esas remotas épocas, tanto los de posible certificación canónica futura como los que eran fruto de imaginaciones apócrifas e irremediablemente heréticas, no se aclara la duda de a qué lengua se refería, si al músculo flexible y húmedo que se mueve y remueve en la cavidad bucal y a veces fuera, o al habla, también llamado idioma, del que el señor lamentablemente se había olvidado y que ignoramos cuál era, dado que no quedó el menor vestigio, ni tan siquiera un corazón grabado en la corteza de un árbol con una leyenda sentimental, algo tipo te amo, eva. Como una cosa, en principio, no va sin la otra, es probable que otro objetivo del violento empellón que el señor les dio a las mudas lenguas de sus retoños fuese ponerlas en contacto con las interioridades más profundas del ser corporal, las llamadas incomodidades del ser, para que, en el porvenir, y con algún conocimiento de causa, se pudiera hablar de su oscura y laberíntica confusión, a cuya ventana, la boca, ya comenzaban a asomar. Todo puede ser. Como es lógico, por escrúpulos de buen artífice que sólo le favorecían, además de compensar con la debida humildad la anterior negligencia, el señor quiso comprobar que su error había sido corregido, y así le preguntó a adán, Tú, cómo te llamas, y el hombre respondió, Soy adán, tu primogénito, señor. Después, el creador se dirigió a la mujer, Y tú, cómo te llamas tú, Soy eva, señor, la primera dama, respondió ella innecesariamente, dado que no había otra. El señor se dio por satisfecho, se despidió con un paternal Hasta luego, y se fue a su vida. Entonces, por primera vez adán le dijo a eva, Vámonos a la cama.

Set, el hijo tercero de la familia, sólo vendrá al mundo ciento treinta años después, no porque el embarazo materno necesitase tanto tiempo para rematar la fabricación de un nuevo descendiente, sino porque las gónadas del padre y de la madre, los testículos y el útero respectivamente, tardaron más de un siglo en madurar y desarrollar suficiente potencia generadora. Hay que decirles a los impacientes que el fíat ocurrió una vez y nunca más, que un hombre y una mujer no son máquinas de rellenar chorizos, las hormonas son cosas muy complicadas, no se producen en un ir y venir, no se encuentran en las farmacias ni en los supermercados, hay que dar tiempo al tiempo. Antes de set llegaron al mundo, con escasa diferencia de edad entre ellos, primero caín y luego abel. Un asunto que no puede dejarse sin inmediata referencia es el profundo aburrimiento que supusieron tantos años sin vecinos, sin distracciones, sin un niño gateando entre la cocina y el salón, sin otras visitas que las del señor, e incluso ésas poquísimas y breves, espaciadas por largos periodos de ausencia, diez, quince, veinte, cincuenta años, imaginemos qué poco habrá faltado para que los solitarios ocupantes dcl paraíso terrenal se viesen a sí mismos como unos pobres huérfanos abandonados en la selva del universo, aunque no hubieran sido capaces de explicar qué era eso de huérfanos y abandonados. Es verdad que día sí día no, y éste no con altísima frecuencia también era sí, adán le decía a eva, Vámonos a la cama, pero la rutina conyugal, agravada, en el caso de estos dos, por la nula variedad de posturas atribuible a la falta de experiencia, se demostró ya entonces tan destructiva como una invasión de carcoma royendo las vigas de la casa. Desde fuera, salvo algunos montoncitos de polvo que van cayendo aquí y allí por minúsculos orificios, el atentado apenas se nota, pero por dentro la procesión es otra, no faltará mucho para que se venga abajo lo que tan firme antes parecía. En situaciones como ésta, habrá quien defienda que el nacimiento de un hijo puede tener efectos reanimadores, si no de la libido, que es obra de químicas mucho más complejas que aprender a mudar unos pañales, al menos de los sentimientos, lo que, reconózcase desde ya, no es ganancia pequeña. En cuanto al señor y a sus esporádicas visitas, la primera fue para ver si adán y eva habían tenido problemas con la instalación doméstica, la segunda para saber si se habían beneficiado algo de la experiencia de la vida campestre y la tercera para avisar de que no esperaba volver tan pronto, pues tenía que hacer ronda por los otros paraísos existentes en el espacio celeste. De hecho, sólo acabaría apareciendo mucho más tarde, en una fecha de la que no quedó registro, para expulsar a la infeliz pareja del jardín del edén por el crimen nefando de haber comido del fruto del árbol del conocimiento del bien y del mal. Este episodio, que dio origen a la primera definición de un hasta entonces ignorado pecado original, nunca ha quedado bien explicado. En primer lugar, porque incluso la inteligencia más rudimentaria no tendría ninguna dificultad en comprender que estar informado siempre es preferible a desconocer, sobre todo en materias tan delicadas como son estas del bien y del mal, en las que uno se arriesga, sin darse cuenta, a la condenación eterna en un infierno que entonces todavía estaba por inventar. En segundo lugar, clama a los cielos la imprevisión del señor, ya que, si realmente no quería que le comiesen del tal fruto, fácil remedio tendría la cosa, habría bastado con no plantar el árbol, o con haberlo puesto en otro sitio, o con rodearlo de una cerca de alambre de espino. En tercer lugar, no fue por haber desobedecido la orden de dios por lo que adán y eva descubrieron que estaban desnudos. Desnuditos, en pelota viva, ya estaban ellos cuando se iban a la cama, y si el señor nunca había reparado en tan evidente falta de pudor, la culpa era de su ceguera de progenitor, la misma, por lo visto incurable, que nos impide ver que nuestros hijos, al fin y al cabo, son tan buenos o tan malos como los demás.

Una cuestión de orden. Antes de proseguir con esta instructiva y definitiva historia de caín a la que, con nunca visto atrevimiento, arrimamos el hombro, tal vez sea aconsejable, para que el lector no se vea confundido por segunda vez con anacrónicos pesos y medidas, introducir algún criterio en la cronología de los acontecimientos. Así lo haremos, pues, comenzando por aclarar alguna maliciosa duda por ahí levantada sobre si adán sería competente para hacer un hijo a los ciento treinta años de edad. A primera vista, no, si nos atenemos a los índices de fertilidad de los tiempos modernos, pero esos ciento treinta años, en aquella infancia del mundo, poco más habrían representado que una simple y vigorosa adolescencia que hasta el más precoz de los casanovas desearía para sí. Conviene recordar, además, que adán vivió hasta los novecientos treinta años, luego poco le faltó para morir ahogado en el diluvio universal, ya que finó en días de la vida de lamec, el padre de noé, futuro constructor del arca. Tiempo y sosiego tuvo para hacer los hijos que hizo y muchos más si le hubiera dado por ahí. Como ya dijimos, el segundo, el que vendría después de caín, fue abel, un mozo rubicundo, de buena figura, que, después de haber sido objeto de las mejores pruebas de estima por parte del señor, acabó de la peor forma. Al tercero, como también quedó dicho, lo llamaron set, pero ése no entrará en la narrativa que vamos componiendo paso a paso con melindres de historiador, por lo tanto aquí lo dejamos, un simple nombre y nada más. Aunque hay quien afirma que fue en su cabeza donde nació la idea de crear una religión, pero de esos delicados asuntos ya nos ocupamos abundantemente en el pasado, con recriminable ligereza según la opinión de algunos peritos, y en términos que muy probablemente sólo nos perjudicarán en las alegaciones del juicio final, cuando, ya sea por exceso, ya sea por defecto, todas las almas sean condenadas. Ahora lo que nos interesa es la familia de la que el papá adán es la cabeza, y qué mala cabeza fue, no vemos cómo decirlo de otra manera, ya que bastó que la mujer le trajera el prohibido fruto del conocimiento del bien y del mal para que el inconsciente primer patriarca, después de hacerse rogar, en verdad más para complacerse a sí mismo que por real convicción, se atragantara, dejándonos a nosotros, los hombres, para siempre marcados por ese irritante trozo de manzana en la garganta que ni sube ni baja. Tampoco faltan los que dicen que si adán no llegó a tragarse del todo el fruto fatal fue porque el señor se apareció de repente queriendo saber lo que estaba pasando allí. Y, por cierto, antes de que se nos olvide del todo o el recorrido del relato haga inadecuada, por tardía, la referencia, hemos de revelar la visita sigilosa, medio clandestina, que el señor hizo al jardín del edén una noche cálida de verano. Como de costumbre, adán y eva dormían desnudos, uno al lado del otro, sin tocarse, imagen edificante aunque equívoca de la más perfecta de las inocencias. No despertaron ellos y el señor no los despertó. Lo que lo había llevado hasta allí era el propósito de enmendar un defecto de fábrica que, se dio cuenta tarde, afeaba seriamente a sus criaturas, y que consistía, imagínense, en la falta de un ombligo. La superficie blanquecina de la piel de sus bebés, que el suave sol del paraíso no conseguía tostar, se mostraba demasiado desnuda, demasiado ofrecida, en cierto modo obscena, si la palabra ya existiera entonces. Sin tardanza, no fuesen ellos a despertarse, dios extendió el brazo y oprimió levemente con la punta del dedo índice el vientre de adán, luego hizo un rápido movimiento de rotación y el ombligo apareció. La misma operación, practicada a continuación en eva, dio resultados similares, aunque con la importante diferencia de que el ombligo de ella salió bastante mejorado en lo que respecta a diseño, contornos y delicadeza de pliegues. Fue ésta la última vez que el señor miró una obra suya y halló que estaba bien.

Cincuenta años y un día después de esta afortunada intervención quirúrgica con la que se iniciaba una nueva era en la estética del cuerpo humano bajo el consensuado lema de que todo en él es mejorable, se produjo la catástrofe. Anunciado por el estruendo de un trueno, el señor se hizo presente. Venía trajeado de manera diferente a la habitual, según lo que sería, tal vez, la nueva moda imperial del cielo, con una corona triple en la cabeza y empuñando el cetro como una cachiporra. Yo soy el señor, gritó, yo soy el que soy. El jardín del edén cayó en silencio mortal, no se oía ni el zumbido de una avispa, ni el ladrido de un perro, ni un piar de ave, ni un barrito de elefante. Sólo una bandada de estorninos que se había acomodado en un olivo frondoso cuyo origen se remontaba a los tiempos de la fundación del jardín levantó el vuelo en un solo impulso, y eran centenares, por no decir millares, tantos que casi oscurecieron el cielo. Quién ha desobedecido mis órdenes, quién se ha acercado al fruto de mi árbol, preguntó dios, dirigiéndole directamente a adán una mirada coruscante, palabra desusada pero expresiva como la que más. Desesperado, el pobre hombre intentó, sin resultado, tragarse el pedazo de manzana que lo delataba, pero la voz no le salía, ni para atrás ni para adelante. Responde, insistió la voz colérica del señor, al tiempo que blandía amenazadoramente el cetro. Haciendo de tripas corazón, consciente de lo feo que era echarle las culpas a otro, adán dijo, La mujer que tú me diste para vivir conmigo es la que me ha dado del fruto de ese árbol y yo lo he comido. Se volvió el señor hacia la mujer y preguntó, Qué has hecho tú, desgraciada, y ella respondió, La serpiente me engañó y yo comí, Falsa, mentirosa, no hay serpientes en el paraíso, Señor, yo no he dicho que haya serpientes en el paraíso, lo que sí digo es que he tenido un sueño en que se me apareció una serpiente y me dijo, Conque el señor os ha prohibido comer el fruto de todos los árboles del jardín, y yo le respondí que no era verdad, que del único que no podíamos comer el fruto era del árbol que está en el centro del paraíso y que moriríamos si lo tocábamos, Las serpientes no hablan, como mucho silban, dijo el señor, La de mi sueño habló, Y qué más te dijo, si puede saberse, preguntó el señor esforzándose por imprimir a las palabras un tono de sarcasmo nada de acuerdo con la dignidad celestial de la indumentaria, La serpiente dijo que no tendríamos que morir, Ah, sí, la ironía del señor era cada vez más evidente, por lo visto esa serpiente cree saber más que yo, Es lo que he soñado, señor, que no querías que comiésemos de ese fruto porque abriríamos los ojos y acabaríamos conociendo el mal y el bien como tú los conoces, señor, Y qué hiciste, mujer perdida, mujer liviana, cuando despertaste de tan bonito sueño, Me acerqué al árbol, comí del fruto y le llevé a adán, que también comió, Se me quedó aquí, dijo adán, tocándose la garganta, Muy bien, dijo el señor, ya que así lo habéis querido, así lo vais a tener, a partir de ahora se os ha acabado la buena vida, tú, eva, además de sufrir todas las incomodidades del embarazo, incluyendo las náuseas, también parirás con dolor, y, pese a todo, sentirás atracción por tu hombre, y él mandará en ti, Pobre eva, comienzas mal, triste destino va a ser el tuyo, dijo eva, Deberías haberlo pensado antes, y en cuanto a tu persona, adán, la tierra ha sido maldecida por tu causa, con gran sacrificio conseguirás sacar de ella alimento durante toda tu vida, sólo producirá espinos y cardos, y tú tendrás que comer la hierba que crece en el campo, sólo a costa de muchos sudores conseguirás cosechar lo necesario para comer, hasta que un día te acabes transformando de nuevo en tierra, pues de ella fuiste hecho, en verdad, mísero adán, tú eres polvo y en polvo un día te convertirás. Dicho esto, el señor hizo aparecer unas cuantas pieles de animales para tapar la desnudez de adán y eva, los cuales se guiñaron los ojos el uno al otro en señal de complicidad, pues desde el primer día sabían que estaban desnudos y de eso bien se habían aprovechado. Dijo entonces el señor, Habiendo conocido el bien y el mal, el hombre se ha hecho semejante a un dios, ahora sólo me faltaría que también fueses a buscar el fruto del árbol de la vida para comer de él y vivir para siempre, no faltaría más, dos dioses en un universo, por eso te expulso a ti y a tu mujer de este jardín del edén, en cuya puerta colocaré de guarda a un querubín armado con una espada de fuego que nunca dejará entrar a nadie, así que fuera, salid de aquí, no os quiero tener nunca más ante mi presencia. Cargando sobre los hombros las malolientes pieles, bamboleándose sobre las piernas torpes, adán y eva parecían dos orangutanes que por primera vez se pusieran en pie. Fuera del jardín del edén la tierra era árida, inhóspita, el señor no había exagerado cuando amenazó a adán con espinas y cardos. Tal como también dijo, se les había acabado la buena vida.

2

La primera morada fue una estrecha caverna, verdaderamente más cavidad que caverna, de techo bajo, descubierta en un afloramiento rocoso al norte del jardín del edén cuando, desesperados, vagaban en busca de un abrigo. Allí pudieron, por fin, defenderse de la quemazón brutal de un sol que en nada se parecía a la invariable benignidad de temperatura a que estaban habituados, constante de noche y de día, y en cualquier época del año. Se quitaron las gruesas pieles que los sofocaban de calor y peste, y regresaron a la primera desnudez, pero, para proteger de agresiones exteriores las partes delicadas del cuerpo, las que están más o menos resguardadas entre las piernas, inventaron, utilizando las pieles más finas y de pelo más corto, algo a lo que más tarde se le daría el nombre de falda, idéntica en la forma tanto para las mujeres como para los hombres. En los primeros días, sin tener siquiera un mendrugo que masticar, pasaron hambre. El jardín del edén era ubérrimo en frutos, es más, no se encontraba otra cosa de provecho, hasta esos animales que por naturaleza deberían alimentarse de carne sangrienta, pues para carnívoros vinieron al mundo, fueron, por imposición divina, sometidos a la misma melancólica e insatisfactoria dieta. La procedencia de las pieles que el señor hizo aparecer con un simple chascar de dedos, como un prestidigitador, nunca llegó a aclararse. De animales eran, y grandes, pero vaya usted a saber quién los habría matado y desollado, y dónde. Casualmente, había agua por allí cerca, aunque no era nada más que un regato turbio, en nada parecido al río caudaloso que nacía en el jardín del edén y después se dividía en cuatro brazos, uno que iba a regar una región donde se decía que el oro abundaba y otro que corría alrededor de la tierra de cus. Los dos restantes, por más extraordinario que pueda parecerles a los lectores de hoy, fueron bautizados enseguida con los nombres de tigris y éufrates. Ante el humilde arroyo que laboriosamente iba abriéndose camino entre los espinos y los cardos del desierto, es más que probable que el tal río caudaloso fuera una ilusión óptica fabricada por el propio señor para hacer más apacible la vida en el paraíso terrenal. Todo puede suceder. Todo puede suceder, sí, hasta la insólita idea que tuvo eva de ir a pedirle al querubín que le permitiese entrar en el jardín del edén para recoger alguna fruta con la que engañar el hambre durante unos días más. Escéptico, como cualquier hombre, en cuanto a los resultados de una diligencia nacida en cabeza femenina, adán le dijo que fuese ella sola y que se preparase para sufrir una decepción, Está de centinela en la puerta ese querubín con su espada de fuego, no es un ángel cualquiera, de segunda o tercera categoría, sin peso ni autoridad, sino un querubín de los auténticos, cómo se te puede ocurrir que vaya a desobedecer las órdenes que el señor le ha dado, fue la sensata pregunta, No sé, y no lo voy a saber mientras no lo intente, Y si no lo consigues, Si no lo consigo, no habré perdido nada más que los pasos de ir y de volver, y las palabras que diga, respondió ella, Pues sí, pero tendremos problemas si el querubín nos denuncia al señor, Más problemas que los que tenemos ahora, sin modo de ganarnos la vida, sin comida que llevarnos a la boca, sin un techo seguro ni ropas dignas de ese nombre, no veo qué más problemas nos puede mandar, el señor ya nos ha castigado expulsándonos del jardín del edén, peor que eso no se me ocurre qué puede hacer, Sobre lo que el señor pueda o no pueda, no sabemos nada, Si es así, tendremos que forzarlo a que se explique y la primera cosa que debería aclararnos es por qué razón nos ha hecho y con qué fin, Estás loca, Mejor loca que asustada, No me faltes al respeto, gritó adán, enfurecido, yo no tengo miedo, no soy miedoso, Yo tampoco, luego estamos empatados, no hay nada más que discutir, Sí, pero no te olvides de que quien manda aquí soy yo, Sí, fue lo que el señor dijo, asintió eva, y puso cara de quien no ha dicho nada. Cuando el sol

25

perdió alguna fuerza, se puso en camino con su falda bien compuesta y una piel de las más leves sobre los hombros. Iba, como alguien podría decir, discretita, aunque no pudiese evitar que los senos, sueltos, sin amparo, se moviesen al ritmo de sus pasos. No podía impedirlo, ni tal cosa se le ocurrió, no había por allí nadie a quien poder atraer, en ese tiempo las tetas servían para mamar y poco más. Estaba sorprendida consigo misma por la libertad con la que le había respondido al marido, sin temor, sin tener que elegir las palabras, diciendo simplemente lo que, en su opinión, el caso requería. Era como si dentro de sí habitase otra mujer, con nula dependencia del señor o de un esposo por él designado, una hembra que decidía, finalmente, hacer uso total de la lengua y del lenguaje que el dicho señor, por decirlo así, le había metido boca adentro. Atravesó el arroyo gozando de la frescura del agua, que parecía difundírsele dentro de las venas al mismo tiempo que experimentaba algo en el espíritu que tal vez fuese la felicidad, por lo menos se parecía mucho a la palabra. El estómago le dio un aviso, no era hora de disfrutar de sentimientos positivos. Salió del agua, recogió unos pequeños frutos ácidos que, aunque no alimentasen, entretenían durante algún tiempo, poco, la necesidad de comer. El jardín del edén ya está cerca, se ven nítidamente las copas de los árboles más altos. Eva camina ahora con más lentitud que antes, y no porque se sienta cansada.

Adán, si aquí estuviera, se estaría mofando de ella, Tan valiente, tan valiente, y al final vas llena de miedo. Sí, tenía miedo, miedo de fallar, miedo de no tener palabras suficientes para convencer al guarda, incluso llegó a decir en voz baja, tal era su desánimo, Si yo fuese hombre sería más fácil. Ahí está el querubín, la espada de fuego brilla con una luz maligna en su mano derecha. Eva se cubrió mejor el pecho y avanzó. Qué quieres, preguntó el ángel, Tengo hambre, respondió la mujer, Aquí no hay nada que puedas comer, Tengo hambre, Tú y tu marido fuisteis expulsados del jardín del edén por el señor y la sentencia no tiene apelación, retírate, Me matarías si entrara, preguntó eva, Para eso me ha puesto el señor de guarda, No has respondido a mi pregunta, La orden que tengo es ésa, Matarme, Sí, Por tanto, obedecerás la orden. El querubín no respondió. Movió el brazo en cuya mano la espada de fuego silbaba como una serpiente y ésa fue su respuesta. Eva dio un paso al frente. Detente, dijo el querubín, Tendrás que matarme, no me detendré, y dio otro paso, te quedarás aquí guardando un pomar de fruta podrida que a nadie le apetecerá, el pomar de dios, el pomar del señor, añadió. Qué quieres, preguntó otra vez el querubín, sin darse cuenta de que la reiteración iba a ser interpretada como una señal de debilidad, Repito, tengo hambre, Pensaba que ya estaríais lejos, Y adónde íbamos a ir nosotros, preguntó eva, estamos en medio de un desierto que no conocemos y en el que no se ve ningún camino, un desierto por el que durante estos días no ha pasado un alma viva, dormimos en un agujero, comemos hierba, como el señor prometió, y tenemos diarreas, Diarreas, qué es eso, preguntó el querubín, También se puede decir cagaleras, el vocabulario que el señor nos enseñó da para todo, tener diarrea o cagalera, si te gusta más esta palabra, significa que no se consigue retener la mierda que llevamos dentro, No sé qué es eso, Ventajas de ser ángel, dijo eva, y sonrió. Al querubín le gustó ver esa sonrisa. En el cielo también se sonreía mucho, pero siempre seráficamente y con una ligera expresión de contrariedad, como quien pide disculpas por estar contento, si es que a eso se le puede llamar contentamiento. Eva había vencido la batalla dialéctica, ahora sólo faltaba la de la comida. Dijo el querubín, Voy a traerte algunos frutos, pero tú no se lo digas a nadie, Mi boca no se abrirá, aunque en cualquier caso mi marido tendrá que saberlo, Vuelve con él mañana, tenemos que conversar. Eva se quitó la piel de encima de los hombros y dijo, Usa esto para traer la fruta. Estaba desnuda de cintura para arriba. La espada silbó con más fuerza, como si hubiese recibido un súbito flujo de energía, la misma energía que impelió al querubín a dar un paso hacia delante, la misma que le hizo levantar la mano izquierda y tocar el seno de la mujer. No sucedió nada más, nada más podía suceder, los ángeles, mientras lo sean, tienen prohibido cualquier comercio carnal, sólo los ángeles caídos son libres de juntarse con quienes quieran y con quienes los quieran. Eva sonrió, puso su mano sobre la mano del querubín y la presionó suavemente sobre el seno. Su cuerpo estaba cubierto de suciedad, las uñas negras como si las hubiese usado para cavar la tierra, el pelo como un nido de anguilas entrelazadas, pero era una mujer, la única. El ángel ya estaba en el jardín, se entretuvo allí el tiempo necesario para elegir los frutos más nutrientes, otros ricos en agua, y volvió encorvado bajo una buena carga. Aquí tienes, dijo, y eva preguntó, Cómo te llaman, y él respondió, Mi nombre es azael, Gracias por la fruta, azael, No podía dejar que murieran de hambre aquellos que el señor creó, El señor te lo agradecerá, aunque será mejor que no le hables de esto. El querubín aparentó no haber oído o no oyó de verdad, ocupado como estaba ayudando a eva a colocarse el hatillo sobre la espalda, mientras decía, Mañana vuelves con adán, hablaremos de algo que os conviene conocer, Aquí estaremos, respondió ella.

Al día siguiente, adán acompañó a la mujer hasta el jardín del edén. Por iniciativa de eva se lavaron lo mejor que pudieron en el riachuelo y lo mejor que pudieron fue poquísimo, por no decir nada, porque agua sin jabón que le dé una ayuda no pasa de una pobre ilusión de limpieza. Se sentaron en el suelo y enseguida se vio que el querubín azael no era

29

persona de perder el tiempo, No sois los únicos seres humanos que existen en la tierra, comenzó, Que no somos los únicos, exclamó adán, estupefacto, No me hagas repetir lo que ya está dicho, Quién creó a esos seres, dónde están, En todas partes, El señor los creó como nos creó a nosotros, preguntó eva, No puedo responder, y si insistís con las preguntas nuestra conversación acaba ahora mismo, cada uno va a lo suyo, yo a guardar el jardín del edén, vosotros a vuestra gruta y a vuestra hambre, En ese caso, en poco tiempo moriremos, dijo adán, a mí nadie me ha enseñado a trabajar, no puedo cavar ni labrar la tierra porque me faltan la azada y el arado, y si los tuviese sería necesario aprender a manejarlos y no hay quien me enseñe en este desierto, mejor sería que fuésemos el polvo que éramos antes, sin voluntad ni deseo, Has hablado como un libro abierto, dijo el querubín, y adán se puso contento por haber hablado como un libro abierto, él, que nunca había tenido estudios. Después eva preguntó, Si ya existían otros seres humanos, entonces para qué nos creó el señor, Ya deberías saber que los designios del señor son inescrutables, pero, si he entendido alguna que otra media palabra, me parece que se trata de un experimento, Un experimento, nosotros, exclamó adán, un experimento, para qué, De lo que no conozco a ciencia cierta no oso hablar, el señor tendrá sus razones para guardar silencio sobre el asunto, Nosotros no somos un asunto, somos dos personas que no saben cómo podrán vivir, dijo eva, Todavía no he terminado, dijo el querubín, Pues habla, y que de tu boca salga una buena noticia, por lo menos una, Oíd, no demasiado lejos de aquí pasa un camino frecuentado de vez en cuando por caravanas que van a los mercados o que regresan de ellos, mi idea es que deberíais encender una hoguera que produzca humo, mucho humo, de modo que pueda ser visto desde lejos, No tenemos con qué encenderla, interrumpió eva, Tú no tienes, pero yo sí, Qué tienes, Esta espada de fuego, para algo ha de servir alguna vez, basta acercarles la punta en brasa a los cardos secos y a la paja y tendréis ahí una hoguera capaz de ser vista desde la luna, y mucho más por una caravana que pase cerca, pero deberéis tener cuidado de no dejar que el fuego se extienda, una cosa es una hoguera, otra un desierto entero ardiendo, el fuego acabaría por llegar al jardín del edén y yo me quedaría sin empleo, Y si no aparece nadie, preguntó eva, Aparecerán, aparecerán, puedes estar tranquila, respondió azael, los seres humanos son curiosos por naturaleza, enseguida querrán saber quién atizó esa hoguera y con qué intención se hizo, Y después, preguntó adán, Después es cosa vuestra, ahí ya no puedo hacer nada, encontrad la manera de uniros a la caravana, pedid que os contraten a cambio de la comida, estoy convencido de que cuatro brazos por un plato de lentejas será buen negocio para todos, tanto para la parte con-

31

tratante como para la parte contratada, cuando eso suceda que no se os olvide apagar la hoguera, así sabré que ya os habéis ido, será tu oportunidad de aprender lo que no sabes, adán. El plan era excelente, hay querubines en el mundo que son una auténtica providencia, mientras el señor, por lo menos en este experimento, no se preocupó nada por el futuro de sus criaturas, azael, el guarda angélico encargado de mantenerlas apartadas del jardín del edén, las acogió cristianamente, les garantizó la comida y, sobre todo, las habilitó para la vida con algunas preciosas ideas prácticas, un verdadero camino de salvación para el cuerpo, y por tanto para el alma. La pareja se deshizo en muestras de gratitud, eva llegó incluso a derramar algunas lágrimas cuando se abrazó a azael, demostración afectiva nada del agrado del marido, que más adelante no consiguió reprimir la pregunta que andaba saltándole en la boca, Le diste algo a cambio, Qué y a quién, dijo eva, sabiendo muy bien a qué se refería el esposo, A quién va a ser, a él, a azael, dijo adán omitiendo por cautela la primera parte de la cuestión, Es un querubín, un ángel, respondió eva, y no consideró necesario decir nada más. Se cree que fue en este día cuando comenzó la guerra de los sexos. La caravana tardó tres semanas en aparecer. Claro, que no vino toda ella a la caverna en que adán y eva vivían, sólo una avanzadilla de tres hombres que no tenían autoridad para negociar contratos de trabajo, pero que se apiadaron de aquellos desvalidos y les hicieron un lugar sobre los lomos de los burros en que venían montados. El jefe de la caravana decidiría qué hacer con ellos. A pesar de esta duda, como quien cierra una puerta de despedida, adán apagó la hoguera. Cuando el último humo se disipó en la atmósfera, el querubín dijo, Ya han salido, buen viaje.

3

La vida no los trató mal. Fueron aceptados en la caravana a pesar de la evidente inhabilidad laboral y no tuvieron que dar demasiadas explicaciones acerca de quiénes eran y de dónde procedían. Que se habían perdido, dijeron, y, en última instancia, así era. Si se omite el hecho de que eran hijos del señor, obra directamente salida de sus divinas manos, circunstancia esta que ninguno allí estaba en condiciones de conocer, no se notaban especiales diferencias fisonómicas entre ellos y sus providenciales hospederos, se diría que hasta pertenecían todos a la misma raza, pelo negro, piel morena, ojos oscuros, cejas acentuadas. Cuando abel nazca todos los vecinos se extrañarán de la rosada blancura con que vendrá al mundo, como si fuese hijo de un ángel, o de un arcángel, o de un querubín, con perdón. El plato de lentejas nunca les faltó y no fue necesario mucho tiempo para que adán y eva comenzasen a cobrar un estipendio, cosa pequeña, casi simbólica, pero que ya representaba un comienzo de vida. No sólo adán, sino también eva, que no nació para duquesa, fue siendo iniciada poco a poco en los misterios del trabajo con las manos, en operaciones tan simples como la de hacer un nudo corredizo en una cuerda o tan complejas como manejar una aguja sin pincharse demasiado los dedos. Cuando la caravana llegó al pueblo del que había salido semanas antes para hacer comercio, les prestaron una tienda y unas esteras donde dormir, y, gracias a esa y a otras temporadas de estabilidad, adán pudo, por fin, aprender a cavar y a labrar la tierra, a lanzar simientes en los surcos, hasta llegar al sublime arte de la poda, ese que ningún señor, ningún dios fue capaz de inventar. Comenzó trabajando con herramientas que le prestaban, después fue juntando sus propios aperos y al cabo de unos cuantos años ya estaba considerado por los vecinos como un buen agricultor. Los tiempos del jardín del edén y de la cueva en el desierto, de los espinos y los cardos, del riachuelo de aguas turbias se les fueron esfumando en la memoria hasta parecerles algunas veces gratuitos inventos no vividos, ni siquiera soñados, quizá una intuición de algo que podría haber sido otra vida, otro ser, otro destino diferente. Es cierto que en los recuerdos de eva había un lugar reservado para azael, el querubín que infringió las órdenes del señor para salvar de una muerte cierta a sus criaturas, pero ése era un secreto suyo, a nadie confiado. Y hubo un día en que adán pudo comprar un trozo de tierra, llamarla suya y levantar, en la ladera de una colina, una casa de toscos adobes, donde ya podrían nacer sus tres hijos, caín, abel y set, todos ellos, en el momento adecuado de sus vidas, gateando entre la cocina y el salón. Y también entre la cocina y el campo, porque los dos mayores, cuando ya tenían unos añitos, con la ingenua astucia de la poca edad, usaban todos los pretextos válidos y menos válidos para que el padre se los llevara con él, montados en el burro de la familia, hasta su lugar de trabajo. Pronto se vio que las vocaciones de los dos niños no coincidían. Mientras abel prefería la compañía de las ovejas y de los corderos, las alegrías de caín iban todas con las azadas, los bieldos y las hoces, uno destinado a abrirse camino en la pecuaria, otro para singlar en la agricultura. Hay que reconocer que la distribución de la mano de obra doméstica era absolutamente satisfactoria, ya que cubría íntegramente los dos sectores más importantes de la economía de la época. Era voz unánime, entre los vecinos, que aquella familia tenía futuro. E iba a tenerlo, como en poco tiempo se habría de ver, contando siempre con la indispensable ayuda del señor, que para eso está. Desde la más tierna infancia caín y abel habían sido los mejores amigos, a tal punto llegaban que ni hermanos parecían, donde iba uno, el otro iba también, y todo lo hacían de común acuerdo. El señor los quiso, el señor los juntó, así decían en la aldea las madres celosas, y parecía cierto. Hasta que un día el futuro entendió que ya era hora de manifestarse. Abel tenía su ganado, caín su campo, y, como mandaban la tradición y la obligación religiosa, ofrecieron al señor la primicia de su trabajo, quemando abel la delicada carne de un cordero y caín los productos de la tierra, unas cuantas espigas y simientes. Sucedió entonces algo hasta hoy inexplicado. El humo de la carne ofrecida por abel subió recto hasta desaparecer en el espacio infinito, señal de que el señor aceptaba el sacrificio y de que en él se complacía, pero el humo de los vegetales de caín, cultivados con un amor por lo menos igual, no fue lejos, se dispersó allí mismo, a poca altura del suelo, lo que significaba que el señor lo rechazaba sin ninguna contemplación. Inquieto, perplejo, caín le propuso a abel que cambiasen de lugar, pudiera ser que circulara por allí una corriente de aire que causara el contratiempo, y así lo hicieron, pero el resultado fue el mismo. Estaba claro, el señor desdeñaba a caín. Fue entonces cuando se puso de manifiesto el verdadero carácter de abel. En lugar de compadecerse de la tristeza del hermano y consolarlo, se burló de él, y, como si eso fuese poco, se puso a enaltecer su propia persona, proclamándose, ante el atónito y desconcertado caín, un favorito del señor, un elegido de dios. El infeliz caín no tuvo otro remedio que engullir la afrenta y volver al trabajo. La escena se repitió, invariable, durante una semana, siempre un humo que subía, siempre un humo que podía tocarse con la mano y luego se deshacía en el aire. Y siempre la falta de piedad de abel, la jactancia de abel, el desprecio de abel. Un día caín le pidió al hermano que lo acompañara a un valle cercano donde corría la voz de que se escondía una zorra y allí, con sus propias manos, lo mató a golpes con una quijada de burro que había escondido antes en un matorral, o sea, con alevosa premeditación. Fue en ese momento exacto, es decir, retrasada en relación a los acontecimientos, cuando la voz del señor sonó, y no sólo sonó la voz, sino que apareció en persona. Tanto tiempo sin dar noticias, y ahora aquí está, vestido como cuando expulsó del jardín del edén a los infelices padres de estos dos. Tiene en la cabeza la corona triple, en la mano derecha empuña el cetro, un balandrán de rico tejido lo cubre desde la cabeza a los pies. Qué has hecho con tu hermano, preguntó, y caín respondió con otra pregunta, Soy yo acaso el guardaespaldas de mi hermano, Lo has matado, Así es, pero el primer culpable eres tú, yo habría dado mi vida por su vida si tú no hubieses destruido la mía, Quise ponerte a prueba, Y quién eres para poner a prueba lo que tú mismo has creado, Soy el dueño soberano de todas las cosas, Y de todos los seres, dirás, pero no de mi persona ni de mi libertad, Libertad para matar, Como tú fuiste libre para dejar que matara a abel cuando estaba en tus manos evitarlo, hubiera bastado que durante un momento abandonaras la soberbia de la infalibilidad que compartes con todos los demás dioses, hubiera bastado que por un momento fueses de verdad misericordioso, que aceptases mi ofrenda con humildad, simplemente porque no deberías rechazarla, porque los dioses, y tú como todos los otros, tenéis deberes para con aquellos a quienes decís que habéis creado, Ese discurso es sedicioso, Es posible que lo sea, pero te garantizo que, si yo fuese dios, diría todos los días, Benditos sean los que eligieron la sedición porque de ellos será el reino de la tierra, Sacrilegio, Lo será, pero en cualquier caso nunca mayor que el tuyo, que permitiste que abel muriera, Tú has sido quien lo ha matado, Sí, es verdad, yo fui el brazo ejecutor, pero la sentencia fue dictada por ti, La sangre que está ahí no la derramé yo, caín podía haber elegido entre el bien y el mal, si eligió el mal pagará por eso, Tan ladrón es el que va a la viña como el que se queda vigilando al guarda, dijo caín, Y esa sangre reclama venganza, insistió dios, Si es así, te vengarás al mismo tiempo de una muerte real y de otra que no ha llegado a producirse, Explícate, No te va a gustar lo que vas a oír, Que eso no te importe, habla, Es muy sencillo, maté a abel porque no podía matarte a ti, pero en mi intención estás muerto, Comprendo lo que quieres decir, pero la muerte está vedada a los dioses, Sí, aunque deberían cargar con todos los crímenes cometidos en su nombre o por su causa, Dios es inocente, todo sería igual si no existiese, Pero yo, porque maté, podré ser matado por cualquier persona que me encuentre, No será así, haré un acuerdo contigo, Un acuerdo con el réprobo, preguntó caín, sin terminar de creerse lo que acababa de oír, Diremos que es un acuerdo de responsabilidad compartida por la muerte de abel, Reconoces entonces tu parte de culpa, La reconozco, pero no se lo digas a nadie, será un secreto entre dios y caín, No es cierto, debo de estar soñando, Con los dioses eso sucede muchas veces, Porque son, como suele decirse, inescrutables vuestros designios, preguntó caín, Esas palabras no las ha pronunciado ningún dios que yo conozca, nunca se nos pasaría por la cabeza decir que nuestros designios son inescrutables, eso es algo inventado por hombres que presumen de tener un trato de tú a tú con la divinidad, Entonces no seré castigado por mi crimen, preguntó caín, Mi parte de culpa no absuelve la tuya, tendrás tu castigo, Cuál, Andarás errante y perdido por el mundo, Siendo así, cualquier persona me podrá matar, No, porque pondré una señal en tu frente, nadie te hará daño, pero, como pago por mi benevolencia, procura tú no hacer daño a nadie, dijo el señor tocando con el dedo índice la frente de caín, donde apareció una pequeña mancha negra, ésta es la señal de tu condenación, añadió el señor, pero es también la señal de que estarás toda la vida bajo mi protección y bajo mi censura, te vigilaré dondequiera que vayas, Lo acepto, dijo caín, No te queda otro remedio, Cuándo comienza mi castigo, Ahora mismo, Puedo despedirme de mis padres, preguntó caín, Eso es cosa tuya, en asuntos de familia no me meto, pero seguramente querrán saber dónde está abel, y supongo que no les vas a decir que lo has matado, No, No, qué,

No me despediré de mis padres, Entonces, vete. No había nada más que decir. El señor desapareció antes de que caín hubiera dado el primer paso. La cara de abel estaba ya cubierta de moscas, había moscas en sus ojos abiertos, moscas en la comisura de los labios, moscas en las heridas que había sufrido en las manos cuando las levantaba para protegerse de los golpes. Pobre abel, al que dios había engañado. El señor hizo una pésima elección para inaugurar el jardín del edén, en el juego de la ruleta que puso en marcha todos perdieron, en el tiro al blanco de ciegos nadie acertó. A eva y adán todavía les quedaba la posibilidad de engendrar un hijo para compensar la pérdida del asesinado, pero qué triste la gente sin otra finalidad en la vida que la de hacer hijos sin saber por qué ni para qué. Para continuar la especie, dicen aquellos que creen en un objetivo final, en una razón última, aunque no tengan ni idea de cuáles son y nunca se hayan preguntado en nombre de qué tiene que perpetuarse la especie, como si fuese ella la única y última esperanza del universo. Al matar a abel por no poder matar al señor, caín ya dio su respuesta. No se augure nada bueno de la vida futura de este hombre.

4

Y, pese a todo, ese hombre acosado que vaga por ahí, perseguido por sus propios pasos, ese maldito, ese fratricida, tuvo, como pocos, buenos principios. Que lo diga su madre, que tantas veces lo encontró, sentado en el suelo húmedo del huerto, mirando un pequeño árbol recién plantado, a la espera de verlo crecer. Tenía cuatro o cinco años y quería ver crecer los árboles. Entonces, ella, por lo que se ve más fantasiosa aún que el hijo, le explicó que los árboles son muy tímidos, sólo crecen cuando no los estamos mirando, Es que les da vergüenza, le dijo un día. Durante algunos instantes caín permaneció callado, pensando, pero luego respondió, Entonces no mires, madre, de mí no tienen vergüenza, están acostumbrados. Previendo lo que vendría después, la madre apartó la mirada e inmediatamente la voz del hijo sonó triunfal, Ahora mismo ha crecido, ahora mismo ha crecido, ya te había avisado que no miraras. Esa noche, cuando adán volvió del trabajo, eva, riendo, le contó lo que había pasado, y el marido respondió, Ese muchacho va a llegar lejos. Tal vez hubiera llegado, sí, pero para eso el señor no tendría que haberse cruzado en su camino. Pese a lo cual, ya va demasiado lejos, aunque no en el sentido que el padre le había vaticinado. Arrastrando los pies de cansancio, avanzaba por un erial sin que se le ofrecieran a la vista ni las ruinas de una choza ni señal de vida alguna, una soledad desgarradora que el cielo cubierto aumentaba todavía más con la amenaza de una lluvia inminente. No tendría dónde guarecerse, a no ser debajo de un árbol de entre los pocos que, de tarde en tarde, a medida que caminaba, iban asomando la copa por encima del horizonte próximo. Las ramas, por lo general escasamente pobladas de hojas, no garantizaban protección digna de ese nombre. Fue entonces, con el caer de las primeras gotas, cuando caín se dio cuenta de que tenía la túnica sucia de sangre. Pensó que tal vez la mancha desaparecería con la lluvia, pero luego comprobó que no, que lo mejor sería disimularla con tierra, nadie sería capaz de adivinar lo que se ocultaba debajo, sobre todo teniendo en cuenta que gente con túnicas sucias, llenas de lamparones, era algo que no faltaba por estos lugares. Comenzó a llover con fuerza, poco tiempo después la túnica estaba empapada, del rastro de sangre no se veía ni el menor vestigio, además siempre podía decir, si fuese preguntado, que se trataba de la sangre de un cordero. Sí, dijo caín en voz alta, pero abel no era ningún cordero, era mi hermano, y yo lo he matado. En ese momento no tuvo presente que le había dicho al señor que ambos eran culpables del crimen, pero la memoria no tardó en ayudarlo, por eso añadió, Si el señor, que, según se dice, todo lo sabe y todo lo puede, hubiese hecho desaparecer de allí la quijada del burro, yo no habría matado a abel, y ahora podríamos estar los dos en la puerta de casa viendo caer la lluvia, y abel reconocería que realmente el señor hacía mal no aceptando lo único que yo le podía ofrecer, las simientes y las espigas nacidas de mi afán y de mi sudor, y él todavía estaría vivo, y seríamos tan amigos como siempre lo fuimos. Llorar sobre la leche derramada no es tan inútil como se dice, de alguna manera es un hecho instructivo porque nos muestra la verdadera dimensión de la frivolidad de ciertos procedimientos humanos, ya que, si la leche se ha derramado, derramada está, simplemente hay que limpiarla, pero si abel fue muerto de muerte malvada es porque alguien le quitó la vida. Reflexionar mientras la lluvia nos va cayendo encima no es ciertamente la cosa más cómoda del mundo, quizás por eso de un momento a otro deja de llover, para que caín pueda pensar con comodidad, seguir libremente el curso de su pensamiento hasta ver adónde le conduce. No lo llegaremos a saber nunca, ni nosotros ni él, pues la súbita aparición, como si saliese de la nada, de lo que quedaba de una choza lo distrajo de sus aflicciones y de sus pesares. Quedaban señales de cultivo de la tierra en la parte de atrás de la casa, pero era evidente que los habitantes la habían abandonado hacía mucho tiempo, o quizá no tanto si tenemos en cuenta la fragilidad intrínseca, la precaria cohesión de los materiales de estas humildes moradas, que necesitaban constantes reparaciones para no venirse abajo en una sola estación. Si les falta una mano cuidadosa, la casa difícilmente podrá soportar la acción corrosiva de las intemperies, sobre todo la lluvia que empapa los adobes y el viento que va raspando como si estuviese forrado de lija gruesa. Algunas de las paredes interiores se habían venido abajo, el techo estaba hundido en su mayor parte, apenas sobrevivía una esquina relativamente protegida donde el exhausto caminante se dejó caer. Casi no se podía sostener sobre las piernas, no sólo por lo mucho que había caminado, sino también porque el hambre comenzaba a apretar. El día estaba llegando a su fin, en poco tiempo aparecería la noche. Voy a quedarme aquí, dijo caín en voz alta, según era su costumbre, como si necesitase tranquilizarse a sí mismo, él, a quien nadie amenaza en este momento, él, de quien probablemente ni el propio señor sabe dónde se encuentra. Pese a que el tiempo no estaba demasiado frío, la túnica mojada, pegada a la piel, le hacía tiritar. Pensó que desnudándose mataría dos pájaros de un tiro, primero porque se acabarían los fríos, y también porque la túnica, siendo de un paño más fino que grueso, extendida no tardaría mucho en secarse. Así lo hizo e inmediatamente se sintió mejor. Es verdad que verse desnudo como había venido al mundo no le parecía bien, pero estaba solo, sin testigos, sin nadie que le pudiese tocar. Este pensamiento provocó en él un nuevo estremecimiento, no el mismo, no el que era resultado directo del contacto de la túnica mojada, sino una especie de palpitación en la región del sexo, una ligera rigidez que no tardó en desaparecer, como si se hubiese avergonzado de sí mismo. Caín sabía lo que era aquello, pero, a pesar de su juventud, no le prestaba gran atención o simplemente tenía miedo de que de ahí le llegase más mal que bien. Se enroscó en la esquina, juntando las rodillas con el pecho, y así se durmió. El frío de la madrugada le hizo despertar, alargó el brazo para palpar la túnica, notó que todavía quedaba en ella un resto de humedad, pero, aun así, decidió vestirla, acabaría de secarse en el cuerpo. No tuvo sueños ni pesadillas, durmió como se supone que dormiría una piedra, sin conciencia, sin responsabilidad, sin culpa, aunque al despertar, con la primera luz de la mañana, sus primeras palabras fueron, He matado a mi hermano. Si los tiempos hubieran sido otros, tal vez habría llorado, tal vez se habría desesperado, tal vez se habría dado golpes en el pecho y en la cabeza, pero siendo las cosas lo que son, prácticamente el mundo acaba de ser inaugurado, nos faltan todavía muchas palabras para que comencemos a intentar decir quiénes somos y no siempre daremos con las que mejor lo expliquen, por eso se contentó con repetir las que había pronunciado hasta que perdieran su significado y no fueran más que una serie de sonidos inconexos, unos balbuceos sin sentido. Entonces se dio cuenta de que sí había soñado, no era un sueño precisamente, sino una imagen, la suya, regresando a casa y encontrando al hermano en el umbral de la puerta, a su espera. Así lo recordará durante toda la vida, como si hubiera hecho las paces con su crimen y no hubiese que sufrir más remordimientos.

Salió de la choza y aspiró profundamente el aire frío. El sol todavía no había nacido, pero el cielo ya se iluminaba con delicados tonos de colores, los suficientes para que el árido y monótono paisaje que tenía delante de los ojos, bajo esta primera luz de la mañana, apareciese transfigurado en una especie de jardín del edén sin prohibiciones. Caín no tenía ningún motivo para orientar sus pasos en una dirección determinada, pero instintivamente buscó las señales dejadas antes de haberse desviado hasta la cabaña en la que había pasado la noche. Era fácil, en el fondo le bastaba caminar al encuentro del sol, hacia aquel lado, allí por donde no tardará en asomar. Aparentemente apaciguado por las horas de sueño, el estómago había moderado las contracciones, y sería bueno que se mantuviera en esta disposición porque esperanza de comida próxima no se vislumbraba, ya que, si es cierto que de vez en cuando se topaba con alguna que otra higuera, frutos no tenían, que no era su tiempo. Con un resto de energía que ignoraba poseer todavía, reinició la caminata. El sol ha aparecido, hoy no lloverá, incluso es posible que haga calor. Al cabo de no mucho tiempo comenzó a sentirse otra vez cansado. Tenía que encontrar algo de comer, si no acabaría postrado en este desierto, reducido en pocos días a la osamenta, que de eso se encargarían las aves carroñeras o alguna manada de perros salvajes que hasta ahora todavía no se ha manifestado. Estaba escrito sin embargo que la vida de caín no acabaría aquí, sobre todo porque no habría valido la pena que el señor hubiera empleado tanto tiempo en maldecirlo si era para morir en este páramo. El aviso le llegó de abajo, de los fatigados pies que mucho habían tardado en descubrir que el suelo que pisaban era ya otro, desnudo de vegetación, sin hierbas o cardos que entorpecieran el andar, en fin, para dejarlo todo dicho en pocas palabras, caín, sin saber cómo ni cuándo, había encontrado un camino. Se alegró el pobre errante, pues es norma conocida que una vía de tránsito, estrada, vereda o sendero, acaba conduciendo, más pronto o más tarde, más lejos o más cerca, a un lugar poblado donde tal vez sea posible encontrar trabajo, techo y un trozo de pan que mate tanta hambre. Animado por el súbito descubrimiento, haciendo, como se suele decir, de tripas corazón, buscó fuerzas donde ya no las había y aceleró el paso, siempre a la espera de ver ante él una casa con señales de vida, un hombre montado en un burro o una mujer con un cántaro en la cabeza. Todavía tuvo que andar mucho.

El viejo que, por fin, apareció ante él iba a pie y llevaba dos ovejas atadas con una cuerda. Caín lo saludó con las palabras más cordiales de su vocabulario, pero el hombre no le correspondió, Qué marca es esa que llevas en la frente, le preguntó. Sorprendido, caín preguntó a su vez, Qué marca, Ésa, dijo el hombre, llevándose la mano a su propia frente, Es una señal de nacimiento, respondió caín, No debes de ser buena gente, Quién te ha dicho eso, cómo lo sabes, respondió caín imprudentemente, Como dice el refrán antiguo, el diablo que te señaló algún defecto te encontró, No soy mejor ni peor que los demás, busco trabajo, dijo caín tratando de dirigir la conversación hacia el terreno que le convenía, Trabajo por aquí no falta, qué es lo que sabes hacer, preguntó el viejo, Soy agricultor, Ya tenemos suficientes agricultores, por ahí no conseguirás nada, además vienes solo, sin familia, Perdí la mía, La perdiste, cómo, La perdí, simplemente, y no hay nada más que contar, Siendo así, te dejo, no me gusta tu cara ni la señal que tienes en la frente. Ya se apartaba, pero caín lo retuvo, No te vayas, por lo menos dime cómo llaman a estos parajes, Los llaman tierra de nod, Y nod qué quiere decir, Significa tierra de fuga o tierra de los errantes, dime tú, que has llegado hasta aquí, de qué andas huyendo y por qué eres un errante, No le cuento mi vida al primero que encuentro en el camino con dos ovejas atadas con una cuerda, además ni siquiera te conozco, no te debo respeto y no tengo por qué responder a tus preguntas, Volveremos a vernos, Quién sabe, tal vez no encuentre trabajo aquí y tenga que buscar otro destino, Si eres capaz de moldear adobe y levantar una pared, éste es tu destino, Adónde debo ir, preguntó caín, Sigue derecho por esta calle, al fondo hay una plaza, ahí tendrás la respuesta, Adiós, viejo, Adiós, ojalá no llegues tú a serlo, Debajo de las palabras que dices me parece oír otras que callas, Sí, por ejemplo, esa marca que llevas no es de nacimiento, ni te la has hecho a ti mismo, nada de lo dicho aquí es verdadero, Puede ser que mi verdad sea para ti mentira, Puede ser, sí, la duda es el privilegio de quien ha vivido mucho, tal vez por eso no consigues convencerme para que acepte como certeza lo que me suena a falsedad, Quién eres tú, preguntó caín, Cuidado, mozalbete, si me preguntas quién soy yo, estarás reconociendo mi derecho a querer saber quién eres tú, Nada me obliga a decirlo, Vas a entrar en esta ciudad, te vas a quedar aquí, así que más pronto o más tarde todo se sabrá, Sólo cuando tenga que saberse y no por mí, Dime, al menos, cómo te llamas, Abel es mi nombre, dijo caín.

Mientras el falso abel va caminando hacia la plaza donde, según las palabras del viejo, se encontrará con su destino, atendamos la pertinentísima observación de algunos lectores vigilantes, de los que siempre están atentos, que consideran que el diálogo que acabamos de registrar como sucedido no es histórica ni culturalmente posible, que un labrador, de pocas y ya ningunas tierras, y un viejo del que no se conoce oficio ni beneficio nunca podrían pensar y hablar así. Tienen razón esos lectores, aunque la cuestión no estriba tanto en disponer o no disponer de ideas y vocabulario suficiente para expresarlas, sino en nuestra propia capacidad para admitir, aunque no sea nada más que por simple empatía humana y generosidad intelectual, que un campesino de las primeras eras del mundo y un viejo con dos ovejas atadas con una cuerda, simplemente con su limitado saber y un lenguaje que todavía estaba dando los primeros pasos, se vean impelidos por la necesidad a probar maneras de expresar premoniciones e intuiciones aparentemente fuera de su alcance. Que ellos no dijeron esas palabras es más que obvio, pero las dudas, las sospechas, las perplejidades, los avances y retrocesos en la argumentación estaban ahí. Lo que hemos hecho es, simplemente, pasar al portugués corriente el doble y para nosotros irresoluble misterio del lenguaje y del pensamiento de aquel tiempo. Si el resultado es coherente ahora, también lo sería entonces, porque, al fin y al cabo, caminantes somos y por el camino andamos. Todos, tanto los sabios como los ignorantes.

Ahí está la plaza. Verdaderamente, haber llamado a esto ciudad fue una exageración. Unas cuantas casas bajas, mal alineadas, unos cuantos niños jugando a no se sabe qué, unos adultos que se mueven como sonámbulos, unos burros que parecen ir a donde quieren y no a donde los conducen, ninguna ciudad que se precie de ese nombre se reconocería en la escena primitiva que tenemos ante los ojos, faltan aquí los automóviles y los autobuses, las señales de tráfico, los semáforos, los pasos subterráneos, los anuncios en las fachadas o en los tejados de las casas, en una palabra, la modernidad, la vida moderna. Pero todo se andará, el progreso, como se reconocerá más tarde, es inevitable, fatal como la muerte. Y la vida. Al fondo se ve un edificio en construcción, una especie de palacio rústico de dos plantas, nada que ver con mafra, o versalles, o buckingham, en el que se afanan decenas de albañiles y peones, éstos cargando ladrillos sobre las espaldas, aquéllos asentándolos en líneas regulares. Caín no entiende nada de tareas de alta o baja albañilería, pero, si su destino le está esperando aquí, por muy amargo que pueda llegar a ser, y eso siempre se sabe cuando es demasiado tarde para cambiar, no le queda otro remedio que afrontarlo. Como un hombre. Disimulando lo mejor que pudo la ansiedad y el hambre que le hacía temblar las piernas, avanzó hacia el centro de la plaza. Si por natural desconocimiento los operarios lo hubieran confundido con uno de esos ociosos que en todas las épocas de la humanidad se detienen para ver trabajar a los otros, enseguida habrían comprendido que quien estaba allí era una víctima más de la crisis, un triste desempleado en busca de una tabla de salvación. Casi sin que caín tuviera necesidad de decir a qué venía, le señalaron al encargado que vigilaba el grupo, Habla con él, le dijeron. Caín fue, subió al estrado del observador y, tras los saludos de rigor, dijo que andaba buscando trabajo. El vigilante le preguntó, Qué sabes hacer tú, y caín respondió, De este arte, nada, soy labrador, pero imagino que dos brazos más pueden dar algún servicio, Dos brazos no, puesto que no sabes nada del oficio de albañil, pero dos pies, tal vez, Dos pies, dijo extrañado caín, sin comprender, Sí, dos pies, para pisar el barro, Ah, Espera aquí, voy a hablar con el capataz. Ya se retiraba, pero aún volvió la cabeza para preguntar, Cómo te llamas, Abel, respondió caín. El vigilante no tardó mucho, Puedes comenzar a trabajar ya, te llevo ahora mismo a la pisa del barro, Cuánto voy a ganar, preguntó caín, Los pisadores ganan todos lo mismo, Sí, pero cuánto voy a ganar, Eso no es de mi incumbencia, en todo caso, si quieres un buen consejo, no lo preguntes de entrada, no está bien visto, primero tendrás que demostrar lo que vales, y todavía te digo algo más, no deberías preguntar nada, espera a que te paguen, Si piensas que es lo mejor, así lo haré, pero no me parece justo, Aquí no conviene ser impaciente, De quién es la ciudad, cómo se llama, preguntó caín, Cómo se llama quién, la ciudad o el señor que manda en ella, Ambos, La ciudad, por así decir, todavía no tiene nombre, unos la llaman de una forma, otros de otra, de todas maneras estos sitios son conocidos como tierra de nod, Ya lo sé, me lo ha dicho un viejo que he encontrado al llegar, Un viejo con dos ovejas atadas con una cuerda, preguntó el vigilante, Sí, Aparece por aquí a veces, pero aquí no vive, Y el señor de aquí, quién es, El señor es señora y su nombre es lilith, No tiene marido, preguntó caín, Creo haber oído decir que se llama noah, pero ella es quien gobierna el rebaño, dijo el vigilante, e inmediatamente anunció, Ésta es la pisa del barro. Un grupo de hombres con la túnica arremangada con un nudo por encima de las rodillas daba vueltas sobre la gruesa capa de una mezcla de barro, paja y arena, apisonándola con determinación, de manera que se convirtiera en una masa tan homogénea como fuera posible sin los adecuados medios mecánicos. No era un trabajo que exigiese mucha ciencia, sólo buenas y sólidas piernas y, a ser posible, un estómago confortado, cosa que, como sabemos, no es el caso de caín. Dijo el vigilante, Puedes entrar, sólo tienes que hacer lo que hacen los otros, Hace tres días que no como, tengo miedo de que se me quiebren las fuerzas y me caiga ahí, en medio del barro, dijo caín, Ven conmigo, No tengo con qué pagar, Ya pagarás después, ven. Fueron los dos a una especie de quiosco que se situaba a un lado de la plaza y donde se vendía comida. Para no sobrecargar el relato con pormenores históricos dispensables pasaremos sin examinar el modesto menú, cuyos ingredientes, por otra parte, por lo menos en algunos casos, no sabríamos identificar. Los alimentos tenían aspecto de bien condimentados y caín comía que daba gusto verlo. Entonces el vigilante preguntó, Qué señal es esa que tienes en la frente, no parece natural, Puede ser que no lo parezca, pero ya nací con ella, Da la impresión de que alguien te ha marcado, El viejo de las dos ovejas también me dijo lo mismo, pero estaba equivocado, como tú también lo estás, Si tú lo dices, Lo digo y lo repetiré cuantas veces sean necesarias, pero preferiría que me dejasen en paz, si fuera cojo en vez de tener esta señal, supongo que no me lo estarían recordando constantemente, Tienes razón, no volveré a molestarte, No me molestas nada, y más teniendo en cuenta que tengo que agradecerte la gran ayuda que me estás dando, el empleo, esta comida que me ha puesto el alma en su lugar, y tal vez alguna otra cosa, Qué cosa, No tengo dónde dormir, Eso se resuelve fácilmente, te consigo una estera, ahí hay una hospedería, hablaré con el dueño, No hay duda de que eres un buen samaritano, dijo caín, Samaritano, preguntó el vigilante intrigado, qué es eso, No lo sé, me salió de repente, sin pensar, no sé lo que significa, Tienes más cosas en la cabeza de lo que tu apariencia promete, Esta túnica inmunda, Te cedo una de las mías, y ésa la usarás para el trabajo, Por lo poco que conozco de este mundo no debe de haber muchos hombres buenos, ha sido una suerte para mí encontrar aquí a uno de ellos, Acabaste, preguntó el vigilante en un tono algo seco, como si lo incomodaran los halagos, No puedo más, no recuerdo haber comido tanto alguna vez en la vida, Ahora, a trabajar. Regresaron al palacio, esta vez por la parte edificada antes de la ampliación en curso, y allí vieron en un balcón a una mujer vestida con todo lo que debía de ser lujo en la época, y esa mujer, que a la distancia ya parecía bellísima, los miraba como absorta, como si no los viera, Quién es, preguntó caín, Es lilith, la dueña del palacio y de la ciudad, ojalá no ponga los ojos en ti, ojalá, Por qué, Se cuentan cosas, Qué cosas, Se dice que es bruja, capaz de enloquecer a un hombre con sus hechizos, Qué hechizos, preguntó caín, No lo sé ni quiero saberlo, no soy curioso, a mí me basta con haber visto por ahí a dos o tres hombres que tuvieron comercio carnal con ella, Y qué, Unos infelices que daban lástima, espectros, sombras de lo que habían sido, Debes de estar loco si piensas que un pisador de barro pueda dormir con la reina de la ciudad, Quieres decir la dueña, Reina o dueña, da lo mismo, Se ve que no conoces a las mujeres, son capaces de todo, de lo mejor y de lo peor si les da por ahí, son muy señoras de despreciar una corona a cambio de ir al río a lavarle la túnica al amante o de arrasarlo todo y a todos para sentarse en un trono, Hablas por experiencia, preguntó caín, Observo, nada más, por eso soy vigilante, Sin embargo, alguna experiencia tendrás, Sí, alguna, pero soy un pájaro de alas cortas, de esos que vuelan bajo, Pues yo ni siquiera he alzado el vuelo una sola vez, No conoces mujer, preguntó el vigilante, No, Estás muy a tiempo, todavía eres joven. Estaban delante de la pisa del barro. Esperaron a que los hombres, más o menos alineados desde el centro a la periferia y que de vez en cuando intercambiaban los lugares, los de dentro afuera, los de fuera adentro, acabasen de dar la vuelta y llegaran a su altura. Entonces el vigilante le dijo, tocándole en el hombro, Entra.

Como todo, las palabras tienen sus qués, sus cómos, sus porqués. Algunas, solemnes, nos interpelan con aire pomposo, dándose importancia, como si estuviesen destinadas a grandes cosas y, ya se verá más tarde, no son nada más que una brisa leve que no conseguiría mover un aspa de molino, otras, de las más comunes, de las habituales, de las de todos los días, acabarán teniendo consecuencias que nadie se atrevería a pronosticar, no habían nacido para eso y, sin embargo, sacudieron el mundo. El vigilante dijo, Entra, y fue como si dijera, Ve a pisar el barro, ve a ganarte el pan, pero esa palabra fue exactamente la misma que lilith, semanas más tarde, acabará pronunciando, letra por letra, después de mandar llamar al hombre que le habían dicho que se llamaba abel, Entra. En mujer con fama de diligente a la hora de buscar satisfacción a sus deseos, puede parecer extraño que hubiera tardado semanas en abrirle la puerta de su cuarto, pero hasta esto tiene explicación, como más adelante se verá. Durante ese tiempo, caín no podría ni imaginar qué ideas estaba alimentando esa mujer cuando, al principio acompañada por un séquito de guardias, esclavas y otros servidores, comenzó a aparecer en la pisa del barro. Sería como aquellos propietarios rurales bien humorados que van al campo a interesarse por el esfuerzo de los que trabajan para ellos, animándolos con su visita, en la que nunca falta una palabra de estímulo y, a veces, en el mejor de los casos, un gracejo de camaradería que, con ganas o sin ganas, hará reír a todo el mundo. Lilith no hablaba, a no ser con el vigilante del local, al que pedía información sobre la marcha del trabajo y, alguna que otra vez, aparentemente para mantener la conversación, sobre el origen de los trabajadores que venían de fuera, por ejemplo, ese que va ahí, No sé de dónde viene, señora, cuando se lo pregunté, es natural que queramos saber con quién tenemos que lidiar, señaló en dirección a poniente y pronunció dos palabras, nada más que dos, Qué palabras, De allí, señora, No ha dicho nada sobre las razones por las que dejó su tierra, No, señora, Y cómo se llama, Abel, señora, me dijo que se llamaba abel, Es un buen trabajador, Sí, señora, es de los que hablan poco y cumplen bien con la obligación, Y la señal que tiene en la frente, qué es, También se lo pregunté y me dijo que es de nacimiento, Por lo tanto, de este abel que vino de poniente no sabemos nada, No es del único, señora, quitando los que son de aquí y más o menos conocemos, el resto son historias que están por contar, vagabundos, forajidos, en líneas generales son personas de pocas palabras, quizá entre ellos se confíen unos a otros, pero ni de eso se puede tener certeza, Y el de la señal, cómo se comporta, En mi opinión, actúa como si quisiera que nadie notara su presencia, La noté yo, murmuró lilith hablando consigo misma. Unos días después apareció en la pisa del barro un enviado de palacio que le preguntó a caín si tenía algún oficio. Caín le respondió que tiempo atrás fue agricultor y que se había visto obligado a dejar sus tierras por culpa de las malas cosechas. El enviado llevó la información y volvió al cabo de tres días con una orden de que el pisador abel se presentase inmediatamente en palacio. Tal como se encontraba, con su vieja túnica sucia y ya convertida casi en un harapo, caín, después de limpiarse como mejor pudo las piernas llenas de barro, siguió al enviado. Entraron en palacio por una pequeña puerta lateral que daba a un vestíbulo donde dos mujeres esperaban. Se retiró el enviado para dar parte de que el pisador de barro abel ya se encontraba allí y al cuidado de las esclavas. Conducido por ellas hasta un cuarto separado, caín fue desvestido y luego lavado de los pies a la cabeza con agua tibia. El contacto insistente y minucioso de las manos de las mujeres le provocó una erección que no pudo reprimir, suponiendo que tal proeza fuera posible. Ellas se rieron y, en respuesta, redoblaron las atenciones para con el órgano erecto al que, entre risitas, llamaban flauta muda, y que de repente saltó de sus manos con la elasticidad de una cobra. El resultado, vistas las circunstancias, era más que previsible, el hombre eyaculó de repente, en chorros sucesivos que, arrodilladas como estaban, las esclavas recibieron en la cara y en la boca. Un súbito relámpago de lucidez iluminó el cerebro de caín, para esto fueron a por él a la pisa del barro, pero no para dar gusto a simples esclavas, que otras satisfacciones propias de su condición debían de tener. El aviso prudente del vigilante de los albañiles había caído en saco roto, caín acababa de asentar el pie en la trampa hacia la que la dueña del palacio lo venía empujando suavemente, sin precipitaciones, casi sin que se notara, como si estuviese distraída con una nube que pasaba, pensando en otra cosa. La tardanza del golpe final se estableció a propósito para dar tiempo a que la simiente lanzada en la tierra como por casualidad pudiese germinar por sí misma y florecer. En cuanto al fruto, estaba claro que no habría que esperar mucho para la cosecha. Las esclavas parecían no tener prisa, concentradas ahora en extraer las últimas gotas del pene de caín que se llevaban a la boca en la punta de un dedo, una tras otra, con deleite. Todo acaba, sí, todo tiene su término, una túnica limpia cubre la desnudez del hombre, es hora, palabra sobre todas anacrónica en esta bíblica historia, de ser conducido ante la presencia de la dueña del palacio, que le dará destino. El enviado esperaba en el vestíbulo, una simple mirada le bastó para adivinar lo que había pasado durante el baño, pero no se escandalizó, ya que los enviados, por razones de oficio, ven mucho mundo, no hay nada que los sorprenda. Además, como ya en esta época era sabido, la carne es extremadamente débil, y no tanto por su culpa, pues el espíritu, cuyo deber, en principio, sería levantar una barrera contra todas las tentaciones, es siempre el primero en ceder, en izar la bandera blanca de la rendición. El enviado sabía hacia dónde iba siendo conducido el pisador de barro abel, adónde y para qué, pero no lo envidiaba, al contrario del episodio lúbrico de las esclavas, que, ése sí, le perturbaba la circulación de la sangre. La entrada en el palacio fue, esta vez, por la puerta principal porque aquí nada se hace a escondidas, si la dueña lilith ha encontrado un nuevo amante, mejor es que se sepa ya, para que no se arme todo un entramado de secretitos y de maledicencias, toda una red de risitas y murmuraciones, como infaliblemente sucedería en otras culturas y civilizaciones. El enviado le ordenó a una nueva esclava que estaba esperando en la parte de fuera de la puerta de la antecámara, Ve a decirle a tu señora que estamos aquí. La esclava fue y regresó con el recado, Ven conmigo, le dijo a caín, y luego al enviado, Tú, vete, ya no eres necesario. Así son las cosas, que nadie se envanezca porque le hayan confiado una misión delicada, lo más seguro es que después del trabajo le digan, Tú, vete, ya no eres necesario, de esto saben mucho los enviados.

Lilith estaba sentada en un escaño de madera trabajada, llevaba un vestido que debía de valer un potosí, una prenda que exhibía sin ningún recato un escote que dejaba ver la primera curva de los senos y permitía adivinar el resto. La esclava se había retirado, estaban a solas. Lilith le lanzó al hombre una ojeada de inspección, pareció aprobar lo que veía y finalmente dijo, Estarás siempre en esta antecámara, de día y de noche, ahí tienes tu catre y un banco para sentarte, serás, hasta que mude de ideas, mi portero, impedirás la entrada de cualquier persona, sea quien sea, a mi habitación, salvo a las esclavas que vienen a limpiar y a ordenar, Sea quien sea, señora, preguntó caín sin intención aparente, Veo que eres ágil de cabeza, si estás pensando en mi marido, sí, tampoco él está autorizado a entrar, pero ya lo sabe, no se lo tienes que decir, Y si incluso así quiere alguna vez forzar la entrada, Eres un hombre robusto, sabrás cómo impedirlo, No puedo enfrentarme por la fuerza a quien, siendo señor de la ciudad, es señor de mi vida, Puedes, si yo te lo ordeno, Más tarde o más pronto las consecuencias caerán sobre mi cabeza, De eso, querido joven, nadie escapa en este mundo, pero, si eres cobarde, si tienes dudas o miedo, el remedio es fácil, vuelves al barro, Nunca he creído que pisar barro fuese mi destino, Tampoco sé si serás, para siempre, el portero del aposento de lilith, Basta que lo sea en este momento, señora, Bien dicho, sólo por esas palabras ya mereces un beso. Caín no respondió, estaba prestándole atención a la voz del vigilante de los albañiles, Ten cuidado, se dice que es bruja, capaz de enloquecer a un hombre con sus hechizos. En qué piensas, preguntó lilith, En nada, señora, ante ti no soy capaz de pensar, te miro y te admiro, nada más, Tal vez merezcas un segundo beso, Estoy aquí, señora, Pero yo todavía no, portero. Se levantó, se ajustó los pliegues del vestido dejando caer lentamente las manos por el cuerpo, como si estuviese acariciándose a sí misma, primero los senos, luego el vientre, después el principio de los muslos, donde se entretuvo, y todo esto lo hizo mientras miraba al hombre fijamente, sin expresión, como una estatua. Las esclavas, libres de frenos morales, habían reído de pura alegría, casi con inocencia, mientras se divertían manipulando el cuerpo del hombre, habían participado de un juego erótico del que conocían todos los preceptos e infracciones, pero aquí, en esta antecámara donde ningún sonido exterior penetra, lilith y caín parecen dos maestros de esgrima que apuran las espadas para un duelo a muerte. Lilith ya no está, ha entrado en el cuarto y cerrado la puerta, caín mira alrededor y no encuentra otro refugio a no ser el banco que le ha sido asignado. Allí se sentó, repentinamente asustado con la perspectiva de los días futuros. Se sentía prisionero, ella misma lo dijo, Estarás aquí día y noche, sólo le faltó añadir, Serás, cuando yo así lo decida, el buey que me cubra, expresión esta que parecerá no sólo grosera sino mal aplicada al caso, dado

que, en principio, cubrir es cosa de animales cuadrúpedos, no de seres humanos, aunque muy bien aplicada está aquí porque éstos fueron tan cuadrúpedos como
aquéllos, y todos sabemos que lo que hoy denominamos
brazos y piernas fueron sólo piernas durante mucho
tiempo, hasta que a alguien se le ocurrió decirle a los
futuros hombres, Levántense, que ya es hora. También
caín se pregunta si no será hora de huir de allí antes de
que sea demasiado tarde, pero la pregunta es ociosa,
sabe demasiado bien que no huirá, dentro de aquella
habitación hay una mujer que parece disfrutar tanteán-
dole con sucesivos lances, pero un día de éstos le dirá,
Entra, y él entrará, y, entrando, pasará de una prisión
a otra. No nací para esto, piensa caín. Tampoco había
nacido para matar a su propio hermano, y aun así había dejado el cadáver en medio del campo con los ojos
y la boca cubiertos de moscas, a él, abel, que tampoco
para eso había nacido. Caín le da vueltas a la vida en
su cabeza y no le encuentra explicación, véase a esta
mujer, que, pese a estar enferma de deseo, como es
fácil percibir, se complace en ir retardando el momento de la entrega, palabra por otro lado altamente inadecuada, porque lilith, cuando finalmente abra las
piernas para dejarse penetrar, no estará entregándose,
estará, sí, tratando de devorar al hombre al que dice,
Entra.

5

Caín ya entró, ya durmió en la cama de lilith, y, por más increíble que nos parezca, fue su propia falta de experiencia en el sexo lo que le impidió ahogarse en el vórtice de lujuria que en un solo instante arrebató a la mujer y la hizo gritar como posesa. Le rechinaban los dientes, mordía la almohada, luego el hombro del hombre, cuya sangre sorbió. Aplicado, caín se esforzaba sobre el cuerpo de ella, perplejo ante aquellos movimientos y voces desgarradoras, pero, al mismo tiempo, otro caín que no era él observaba el cuadro con curiosidad, casi con frialdad, la agitación irreprimible de los miembros, las contorsiones del cuerpo de ella o de su propio cuerpo, las posturas que la cópula, por sí misma, solicitaba o imponía, hasta el apogeo de los orgasmos. No durmieron mucho en esa primera noche los dos amantes. Ni en la segunda, ni en la tercera, ni en todas las que siguieron, lilith era insaciable, las fuerzas de caín parecían inagotables, insignificante, casi nulo, el intervalo entre dos erecciones y respectivas eyaculaciones, bien podía decirse que estaban, uno y otro, en el paraíso del alá que está por venir. Una noche de ésas, noah, el señor de la ciudad y marido de lilith, a quien un esclavo de confianza llevó la noticia de que algo extraordinario estaba pasando allí, entró en la antecámara. No era la primera vez que lo hacía. Marido consentidor como los que más lo han sido, noah, en todo el tiempo de vida en común, como suele decirse, fue incapaz de hacerle un hijo a la mujer, y era justamente la conciencia de ese continuo desaire, y tal vez también la esperanza de que lilith acabase quedándose embarazada de un amante ocasional y le diese finalmente un hijo al que poder llamar heredero, lo que le hizo adoptar, casi sin darse cuenta, esa actitud de condescendencia conyugal que, con el tiempo, acabaría convirtiéndose en una cómoda manera de vivir, sólo perturbada las rarísimas veces en que lilith, movida por lo que imaginamos es la tan mentada compasión femenina, decidía ir a la habitación del marido para un fugaz e insatisfactorio contacto que a ninguno de los dos comprometía, ni a él para exigir más de lo que le había sido dado, ni a ella para reconocerle ese derecho. Nunca, sin embargo, lilith le permitió a noah que entrara en su habitación. En ese momento, a pesar de que la puerta estaba cerrada, la vehemencia de las pasiones eróticas de los dos compañeros alcanzaba al pobre hombre como sucesivas bofetadas, dando lugar en él al nacimiento súbito de un sentimiento que no había experimentado antes, un odio desmedido hacia el caballero que montaba a la yegua lilith y la hacía relinchar como nunca. Lo mato, se dijo a sí mismo noah, sin pensar en las consecuencias del acto, por ejemplo, cómo iba a reaccionar lilith si le mataba al amante preferido. Los mato, insistió noah, ampliando ahora su propósito, lo mato a él y la mato a ella. Sueños, fantasías, delirios, noah no matará a nadie y tendrá él mismo la suerte de escapar a la muerte sin hacer nada por evitarla. Del cuarto ahora ya no llega ningún sonido, pero eso no quiere decir que la fiesta de los cuerpos haya terminado, los músicos sólo están descansando un poco, la orquesta no tardará en atacar el baile siguiente, ese en que la extenuación dará paso, hasta la noche siguiente, al violento paroxismo final. Noah ya se ha retirado, lleva con él sus proyectos de venganza, que acaricia como si arrullara el cuerpo inaccesible de lilith. Veremos cómo acaba todo esto.

Después de lo que ha quedado escrito, es natural que a más de uno se le ocurra preguntar si caín no está cansado, exprimido hasta los tuétanos por la insaciable amante. Cansado está, exprimido también, y pálido como si estuviera al borde de que se le extinguiera la vida. Es cierto que la palidez no es nada más que la consecuencia de la falta de sol, de la privación del beneficioso aire libre que hace crecer las plantas y dora la piel de las personas. De todos modos, quien hubiera visto a este hombre antes de entrar en el cueto de lilith, todo su tiempo dividido entre la antecámara y la cópula, sin duda diría, repitiendo, sin saberlo, las palabras del vigilante de los albañiles, Se ha convertido en una sombra, una verdadera sombra. De esto mismo acabó dándose cuenta la principal responsable de la situación. Tienes mala cara, dijo ella, Estoy bien, respondió caín, Lo estarás, pero tu cara dice lo contrario, No tiene importancia, La tiene, a partir de ahora darás un paseo todos los días, te llevas un esclavo para que nadie te moleste, quiero verte con la cara que tenías cuando te vi en la pisa del barro, No tengo más voluntad que la tuya, señora. El esclavo acompañante fue elegido por la propia lilith, pero lo que ella no sabía es que se trataba de un agente doble que, aunque a su servicio desde el punto de vista administrativo, recibía órdenes de noah. Temámonos por tanto lo peor. En las primeras salidas, el paseo no fue perturbado por ningún incidente, el esclavo siempre un paso por detrás de caín, siempre atento a lo que él decía, sugiriendo el recorrido que consideraba que era el mejor fuera de los muros de la ciudad. No existían, pues, motivos para preocuparse. Hasta que un día se presentaron todos juntos en la figura de tres hombres que les asaltaron en el camino y con los que, como caín enseguida entendió, el esclavo traidor formaba cuadrilla. Qué queréis, preguntó caín. Los hombres no respondieron. Todos venían armados, con espada el que parecía ser el jefe, con puñales los otros. Qué queréis, volvió a preguntar caín. La respuesta vino dada por el acero de repente desenvainado y apun-

70

tándole al pecho, Matarte, dijo el hombre y avanzó, Por qué, preguntó caín, Porque tus días han sido contados, No podrás matarme, dijo caín, la marca que llevo en la frente no te lo permitirá, Qué marca, preguntó el hombre, que, por lo visto, era miope, Ésta, aquí, señaló caín, Ah, sí, ya la veo, lo que no veo es cómo puede esa señal evitar que te mate, No es señal, sino marca, Y quién te la hizo, tú mismo, preguntó el otro, No, el señor, Qué señor, El señor dios. El hombre soltó una carcajada a la que los restantes, incluyendo el esclavo infiel, respondieron en animado coro. Los que ríen, llorarán, dijo caín, y, al jefe del grupo, Tienes familia, le preguntó, Para qué quieres saberlo, Tienes hijos, mujer, padre y madre vivos, otros parientes, Sí, pero, No necesitarás matarme para que ellos sufran castigo, lo interrumpió caín, la espada que llevas en la mano ya los ha condenado, palabra del señor, No creas que con esas mentiras te vas a salvar, gritó el hombre y avanzó espada en ristre. En el mismo instante el arma se transformó en una cobra que el hombre se sacudió de la mano horrorizado, Ahí tienes, dijo caín, sentiste una cobra y es una espada. Se agachó y agarró el arma por la empuñadura, Podría matarte ahora mismo, que nadie vendría en tu auxilio, tus compañeros han huido, el traidor que venía conmigo también, Perdóname, imploró el hombre poniéndose de rodillas, Sólo el señor podría perdonarte si quisiera, yo no, vete, tendrás en casa el pago por tu vileza. El hombre se alejó con la cabeza baja, llorando, estremeciéndose, mil veces arrepentido por haber elegido la profesión de salteador de caminos en la especialidad de asesino. Repitiendo los pasos que había dado la primera vez, caín regresó a la ciudad. Igual que entonces, al doblar la esquina, se encontró de frente con el viejo y las dos ovejas atadas con una cuerda. Has cambiado mucho, no te pareces en nada al vagabundo que venía de poniente ni al pisador de barro, dijo él, Soy portero, respondió caín, y siguió su camino, Portero de qué puerta, preguntó el viejo, en un tono que quería ser de escarnio pero que sonaba a despecho, Si lo sabes, no te canses preguntando, Me faltan los pormenores, en los pormenores es donde está la sal, Ahórcate con ellos, cuerda ya tienes, remató caín, es la mejor manera de que no vuelva a verte. El viejo todavía gritó, Vas a verme hasta el fin de tus días, Mis días no tendrán fin, mientras tanto cuida de que las ovejas no se coman la cuerda, Para eso estoy, aunque ellas no piensan en otra cosa.

Lilith no se encontraba en su habitación, estaría en la azotea, desnuda, como era su costumbre, tomando el sol. Sentado en su único banco, caín hizo un balance, una revisión de lo que le había sucedido. Era evidente que el esclavo lo condujo a propósito por aquel camino para encontrarse con los bandidos que los estaban esperando, alguien, por tanto, habría elaborado el plan de acabar con su vida. Adivinar quién sería el que hoy podríamos considerar autor intelectual del frustrado atentado no era nada difícil. Noah, dijo caín, ha sido él, nadie más en el palacio y en la ciudad entera estaría interesado en mi desaparición. En ese momento lilith entraba en la antecámara, Poco ha durado tu paseo, dijo. Una fina capa de sudor le hacía brillar la piel de los hombros, estaba apetitosa como una granada madura, como un higo en sazón que ya dejaba salir la primera gota de miel. A caín incluso se le pasó por la cabeza arrastrarla hasta la cama, pero desistió de la idea, tenía en esos momentos asuntos serios que tratar, tal vez más tarde. Intentaron matarme, dijo, Matarte, quién, preguntó lilith sobresaltada, El esclavo que mandaste conmigo y unos bandidos contratados, Qué ha pasado, cuéntame, El esclavo me llevó por un camino fuera de la ciudad, el asalto se produjo allí, Te han hecho daño, te han herido, No, Cómo conseguiste librarte de ellos, A mí no se me puede matar, dijo caín serenamente, Serás tú la única persona que crea eso en este mundo, Así es. Hubo un silencio que caín interrumpió, No me llamo abel, dijo, mi nombre es caín, Me gusta más éste que el otro, dijo lilith haciendo un esfuerzo para mantener la conversación en un tono ligero, propósito que caín deshizo en el instante siguiente, Abel era el nombre de mi hermano, al que maté porque el señor me había preterido en su favor, tomé su nombre para ocultar mi identidad, Aquí no nos importa nada que seas caín o abel, la noticia de tu crimen nunca nos llegó, Sí, hoy comprendo eso, Cuéntame entonces lo que pasó, No tienes miedo de mí, no te repugno, preguntó caín, Eres el hombre que he elegido para mi cama y con quien estaré acostada dentro de poco. Entonces caín abrió el arca de los secretos y relató el suceso con todos los pormenores, sin olvidar las moscas en los ojos y en la boca de abel, también las palabras dichas por el señor, el enigmático compromiso por él asumido de protegerlo de una muerte violenta, No me preguntes cómo, dijo caín, ni por qué lo hizo, no me lo dijo y no creo que sea cosa que se pueda explicar, A mí me basta con que estés vivo y en mis brazos, dijo lilith, Ves en mí a un criminal al que nunca se podrá perdonar, preguntó caín, No, respondió ella, veo en ti a un hombre al que el señor ofendió, y, ahora que ya sé cómo te llamas realmente, vámonos a la cama, arderé aquí mismo de deseo si no me acudes, fuiste el abel que conocí entre mis sábanas, ahora eres el caín que me falta conocer. Cuando el desvarío de las repetidas y variadas penetraciones dio lugar a la laxitud, al abandono total de los cuerpos, lilith dijo, Fue noah, Creo que sí, creo que ha sido noah, concordó caín, no encuentro otra persona ni en el palacio ni en la ciudad que pudiera desear verme muerto tanto como él, Cuando nos levantemos lo llamaré, oirás lo que tengo que decirle. Durmieron un poco para darles satisfacción a los miembros cansados, despertaron casi al mismo tiempo y lilith, ya en pie, dijo, Quédate acostado, él no entrará. Llamó a una esclava para que la ayudara a vestirse y después, con la misma esclava, envió recado a noah para que viniera a hablar con ella. Se sentó en la antecámara, a la espera, y cuando el marido entró, dijo sin preámbulos, Mandarás matar al esclavo que me diste para acompañar a caín en su paseo, Quién es caín, preguntó noah sorprendido por la novedad, Caín fue abel, ahora es caín, a los hombres que tendieron la emboscada los matarás también, Dónde está caín, ya que ha pasado a ser ése su nombre, A salvo, en mi cuarto. El silencio se hizo palpable, por fin noah dijo, No he tenido nada que ver con lo que dices que ha pasado, Cuidado, noah, mentir es la peor de las cobardías, No estoy mintiendo, Eres cobarde y estás mintiendo, fuiste tú quien le indicó al esclavo lo que tenía que hacer, y dónde y cómo, ese mismo esclavo que, estoy segura, te ha servido de espía de mis actos, ocupación verdaderamente inútil porque lo que hago, lo hago a las claras, Soy tu marido, deberías respetarme, Es posible que tengas razón, en realidad debería respetarte, Entonces a qué esperas, preguntó noah, fingiendo una irritación que, amedrentado por la acusación, estaba lejos de sentir, No estoy a la espera de nada, no te respeto, simplemente, Soy mal amante, no te hice el hijo que querías, es eso, preguntó él, Podrías ser un amante de primera clase, podrías haberme hecho no un hijo, sino diez, y aun así no te respetaría,

Por qué, Voy a pensar en el asunto, cuando haya descubierto las razones por las que no siento el menor respeto hacia ti te mandaré llamar, te prometo que serás el primero en conocerlas, y ahora te pido que te retires, estoy fatigada, necesito descansar. Noah ya se apartaba, pero ella aún insistió, Una cosa más, cuando hayas cazado a ese maldito traidor, y espero que no tardes demasiado, esto es un consejo que te doy, avísame para que asista a su muerte, la de los otros no me interesa, Así lo haré, y puso el pie en el umbral de la puerta, todavía a tiempo de oír las últimas palabras de la mujer, Y, en caso de que haya tortura, quiero estar presente. Regresando al cuarto, lilith le preguntó a caín, Has oído, Sí, Qué te ha parecido, No hay duda, fue él quien ordenó que me mataran, ni siquiera ha sido capaz de reaccionar como lo haría un inocente. Lilith se metió en la cama, pero no se acercó a caín. Estaba tumbada sobre la espalda, con los ojos muy abiertos mirando al techo, y de repente dijo, Tengo una idea, Cuál, Matar a noah, Eso es una locura, un disparate sin pies ni cabeza, expulsa esa idea absurda de tu ánimo, por favor, Absurda, por qué, quedaríamos libres de él, nos casaríamos, tú serías el nuevo señor de la ciudad y yo tu reina y tu esclava preferida, aquella que besaría el suelo por donde tú pasases, aquella que, si fuera necesario, recibiría en sus manos tus heces, Y quién lo mataría, Tú, No, lilith, no me lo pidas, no me lo ordenes, ya tengo mi parte de asesinatos,

No lo harías por mí, no me amas, preguntó ella, te he entregado mi cuerpo para que lo gozaras sin límite, sin peso ni medida, para que disfrutaras de él sin reglas ni prohibiciones, te he abierto las puertas de mi espíritu, antes trancadas, y te niegas a hacer algo que te pido y que nos traería la libertad plena, Libertad, sí, y remordimiento también, No soy mujer de remordimientos, eso es cosa para alfeñiques, para débiles, yo soy lilith, Y yo soy sólo un caín cualquiera que llegó de lejos, uno que mató a su hermano, un pisador de barro que, sin haber hecho nada que lo mereciera, tuvo la suerte de dormir en la cama de la mujer más bella y ardiente del mundo, a la que ama, quiere y desea con cada poro de su cuerpo, Entonces no mataremos a noah, preguntó lilith, Si tan empeñada estás en eso, manda a un esclavo, No desprecio a noah hasta el punto de mandar que lo mate un esclavo, Esclavo soy yo y querías que lo matara, Es diferente, no es esclavo quien se acuesta en mi cama, o tal vez lo sea, pero de mí y de mi cuerpo, Y por qué no lo matas tú, preguntó caín, Creo que, a pesar de todo, no sería capaz, Hombres que matan a mujeres es cosa de todos los días, matándolo tú a él tal vez inaugures una nueva época, Que lo hagan otras, yo soy lilith, la loca, la que desvaría, pero mis errores y mis crímenes por ahí se quedan, Entonces, dejémoslo vivir, bastante castigo será para él saber que nosotros sabemos que me quiso matar, Abrázame, ponme bajo tus pies, pisador de barro. Caín la abrazó, pero entró en ella suavemente, sin violencia, con una dulzura inesperada que casi la desata en lágrimas. Dos semanas después lilith anunció que estaba embarazada.

Cualquiera diría que la paz social y la paz doméstica reinaban finalmente en el palacio, envolviéndolos a todos en un mismo abrazo fraternal. No era así, transcurridos algunos días caín llegó a la conclusión de que, ahora que lilith estaba esperando un hijo, su tiempo había terminado. Cuando el niño llegue al mundo será para todos el hijo de noah, y si al principio no faltarían las más que justificadas sospechas y murmuraciones, el tiempo, ese gran igualador, se encargaría de ir limando unas y otras, sin contar con que los futuros historiadores se encargarán de eliminar de la crónica de la ciudad cualquier alusión a un cierto pisador de barro, llamado abel, o caín, o como demonios fuese su nombre, duda esta que, por sí sola, ya sería considerada razón más que suficiente para condenarlo al olvido, en definitiva cuarentena, así lo considerarían, en el limbo de esos sucesos que, para tranquilidad de las dinastías, no es conveniente airear. Este nuestro relato, aunque no tenga nada de histórico, demuestra hasta qué punto estaban equivocados o eran malintencionados los tales historiadores, caín existió de verdad, le hizo un hijo a la mujer de noah, y ahora tiene un problema que resolver, cómo informar a lilith de que su deseo es partir. Confiaba en que la condena dictada por el señor, Andarás errante y perdido por el mundo, pudiese convencerla para que aceptara su decisión de irse. Al final fue menos difícil de lo que esperaba, tal vez también porque esa criatura, formada por poco más que un puñado de células titubeantes, expresaba ya un querer y una voluntad, siendo el primer efecto haber reducido la loca pasión de los padres a un vulgar episodio de cama al que, como ya sabemos, la historia oficial ni siquiera le dedicará una línea. Caín le pidió a lilith un jumento y ella dio órdenes para que le fuera entregado el mejor, el más dócil, el más robusto que hubiese en los establos del palacio, y en esto estábamos cuando corrió por la ciudad la noticia de que el esclavo traidor y sus comparsas habían sido descubiertos y presos. Afortunadamente para las personas sensibles, esas que siempre apartan los ojos de los espectáculos incómodos, sean de la naturaleza que sean, no hubo interrogatorios ni torturas, beneficios que tal vez haya que atribuir al embarazo de lilith, pues, según la opinión fundamentada de las autoridades locales, podría ser de mal augurio para el futuro del niño en gestación no sólo la sangre que inevitablemente se derramaría, sino, y sobre todo, los desesperados gritos de los torturados. Decían esas autoridades, en general parteras de larga experiencia, que los bebés, dentro de las barrigas de las madres, oyen cuanto pasa en la parte de fuera. El resultado fue una sobria ejecución por ahorcamiento ante todos los habitantes de la ciudad, como un aviso, Atención, esto es lo mínimo que os puede suceder. Desde un balcón del palacio asistieron al acto punitivo noah, lilith y caín, éste como víctima del frustrado asalto. Quedó registrado que, al contrario de lo que determinaba el protocolo, no era noah quien ocupaba el centro del pequeño grupo, sino lilith, que de esta manera separaba al marido del amante, como si dijera que, aunque no amando al esposo oficial, a él se mantendría ligada porque así parecía desearlo la opinión pública y lo necesitaban los intereses de la dinastía, y que, estando obligada por el cruel destino, Andarás errante y perdido por el mundo, a dejar que caín partiera, a él continuaría unida por la sublime memoria del cuerpo, por los recuerdos inextinguibles de las fulgurantes horas que había pasado con él, esto una mujer nunca lo olvida, no es como los hombres, a los que todo les escurre por la piel. Los cadáveres de los facinerosos se quedarán colgados ahí donde se encuentran hasta que de ellos no queden nada más que los huesos, pues su carne es maldita y la tierra, si en ella fueran sepultados, se revolvería hasta vomitarlos una y muchas veces. Esa noche, lilith y caín durmieron juntos por última vez, ella lloró y él se abrazó a ella y lloró también, pero las lágrimas no duraron mucho, enseguida la pasión erótica se apropió de ellos y, gobernándolos, nuevamente los desgobernó hasta el delirio, hasta lo absoluto, como si el mundo no fuese más que eso, dos amantes que uno a otro interminablemente se devoran, hasta que lilith dijo, Mátame. Sí, tal vez debiera ser éste el fin lógico de la historia de los amores de caín y de lilith, pero él no la mató, la besó largamente en los labios, después se levantó, la miró una vez más y se fue a terminar la noche en la cama de portero.

6

A pesar de la oscuridad gris de la aurora, se veía que
los pájaros, no las amables criaturas aladas que no
tardarán mucho tiempo en soltar sus cantos al sol, sino
las brutas aves rapaces, esas carnívoras que viajan de
patíbulo en patíbulo, ya habían comenzado su trabajo de limpieza pública en las partes de los ahorcados
que estaban expuestas, las caras, los ojos, las manos,
los pies, la mitad de la pierna que la túnica no alcanzaba a cubrir. Dos lechuzas, alarmadas por el ruido
de las patas del jumento, alzaron el vuelo desde los
hombros del esclavo, en un tenue sonido de seda sólo
perceptible por oídos expertos. Se introdujeron en
vuelo raso por una callejuela estrecha, al lado del palacio, y desaparecieron. Caín tocó el jumento con los
talones, atravesó la plaza pensando si también ahora
se encontraría con el viejo y las dos ovejas atadas con
una cuerda, y por primera vez se preguntó quién sería
el impertinente personaje, Quizá sea el señor, es muy
capaz, con ese gusto que tiene por aparecerse de repente en cualquier parte, murmuró. No quería pensar
en lilith. Cuando en su desoladora cama de portero

despertó de un sueño intranquilo, en constante sobre-
salto, un súbito impulso estuvo a punto de hacerlo
entrar en el cuarto para una última palabra de despedida, para un último beso, y quién sabe qué podría
suceder más. Todavía estaba a tiempo. En el palacio
duermen, sólo lilith estará despierta, nadie se daría
cuenta de la rápida incursión, tal vez sólo las dos esclavas que le abrieron las puertas del paraíso a la llegada, y ellas dirían, sonriendo, Qué bien te entendemos,
abel. Después de girar en la próxima esquina dejaría
de ver el palacio. El viejo de las ovejas no estaba allí, el
señor, si era él, le daba carta blanca, pero ni un mapa de
carreteras, ni un pasaporte, ni una recomendación
de hoteles y restaurantes, es un viaje como los que se
hacían antiguamente, a la aventura, o, como ya entonces se decía, a la buena de dios. Caín tocó otra vez el
jumento y en poco tiempo se encontró en campo abierto. La ciudad se iba convirtiendo en una mancha parda que poco a poco, por efecto de la distancia que
aumentaba a pesar del medido paso del asno, parecía
hundirse en el suelo. El paisaje era seco, árido, sin un
hilo de agua a la vista. Ante esta desolación era inevitable que caín recordase la dura caminata realizada
después de que el señor lo expulsara del fatídico valle
donde el pobre abel se quedó para siempre. Sin nada
para comer, sin una gota de agua, salvo aquella que,
como por milagro, acabó cayendo del cielo cuando
las fuerzas del alma ya menguaban del todo y las pier-

nas amenazaban con venirse abajo en cada paso. Al menos esta vez no le falta la comida, las aguaderas van llenas hasta el límite, recuerdo amoroso de lilith, que, al final, no nos salió tan mala ama de casa como por sus disolutas costumbres podría pensarse. El problema es que en todo el paisaje de alrededor no se ve ni una sombra a la que acogerse. A media mañana el sol ya es puro fuego, y el aire una tremolina que nos hace dudar de lo que nuestros ojos ven. Caín dijo, Mejor, así no necesitaré desmontar para comer. El camino subía y subía, y el jumento, que, bien vistas las cosas, de burro no tenía nada, avanzaba en zigzag, ora por aquí, ora por allá, es de suponer que el genial truco lo aprendiera de las mulas, que en esta materia de ascensiones alpinas lo saben todo. Unos cuantos pasos más y la subida se acaba. Y entonces, oh, sorpresa, oh, pasmo, oh, estupefacción, el paisaje que caín tiene ahora ante sí es completamente diferente, verde con todos los verdes alguna vez vistos, con árboles frondosos y cultivados, reflejos de agua, una temperatura suave, nubes blancas flotando en el cielo. Miró hacia atrás, la misma aridez de antes, la misma sequedad, allí nada había mudado. Era como si existiese una frontera, un trazo separando dos países, O dos tiempos, dijo caín sin conciencia de haberlo dicho, como si alguien lo hubiera pensado en su lugar. Levantó la cabeza para mirar al cielo y vio que las nubes que se movían en la dirección de donde venimos se detenían en la vertical del suelo y luego desaparecían por desconocidas artes. Hay que tener en cuenta el hecho de que caín está mal informado sobre cuestiones cartográficas, incluso podría decirse que éste es, en cierto modo, su primer viaje al extranjero, por lo tanto es natural que se sorprenda, otra tierra, otras gentes, otro cielo y otras costumbres. Pues bien, todo esto puede ser cierto, pero nadie me explica la razón de que las nubes no pasen de un lado a otro. A no ser, dice la voz que habla por boca de caín, que el tiempo sea otro, que este paisaje cuidado y trabajado por la mano del hombre haya sido, en épocas pasadas, tan estéril y desolador como la tierra de nod. Entonces, estamos en el futuro, preguntamos nosotros, que hemos visto por ahí unas cuantas películas que tratan del asunto, y también leímos unos cuantos libros. Sí, ésa es la fórmula común para explicar algo así como lo que parece que ha sucedido aquí, es el futuro, nos dicen, y respiramos tranquilos, ya le colocamos el rótulo, la etiqueta, pero, en nuestra opinión, lo entenderíamos mejor todo si lo llamáramos otro presente, porque la tierra es la misma, desde luego, pero sus presentes van variando, unos son presentes pasados, otros presentes por llegar, es sencillo, cualquier persona puede entenderlo. Quien da muestras de la más profunda alegría es el jumento. Nacido y criado en tierras de secano, alimentado con paja y cardos, con el agua racionada o casi, la visión que se le ofrecía rozaba lo sublime.

Qué pena que no hubiera allí nadie que supiera interpretar los movimientos de sus orejas, esa especie de telégrafo de banderas con que la naturaleza los dotó, sin pensar el afortunado bicho que llegaría el día en que querría expresar lo inefable, y lo inefable, como sabemos, es precisamente lo que está más allá de cualquier posibilidad de expresión. Feliz va también caín, ya soñando con un almuerzo en el campo, entre plantas, huidizos arroyos y pajaritos interpretando sinfonías en las ramas. A mano derecha del camino, más allá, se ve una fila de árboles de gran porte que prometen la mejor de las sombras y de las siestas. Hacia ese punto encaminó caín al jumento. El sitio parecía haber sido inventado a propósito para refrigerio de viajeros fatigados y respectivas bestias de carga. Paralela a los árboles había una hilera de arbustos tapando el estrecho camino que subía hacia la cima de la colina. Aliviado del peso de las aguaderas, el burro estaba entregado a las delicias de la hierba fresca y de alguna rústica flor solitaria, sabores estos que jamás le habían pasado por el gaznate. Caín eligió tranquilamente el menú y allí mismo comió, sentado en el suelo, rodeado dc inocentes pájaros que picoteaban las migajas, en tanto que los recuerdos de los buenos momentos vividos en los brazos de lilith volvían a calentarle la sangre. Ya comenzaban a pesarle los párpados cuando una voz juvenil de muchacho lo sobresaltó, Padre, dijo el joven, y luego otra voz, de adulto de cierta edad, preguntó, Qué quieres, isaac, Llevamos aquí el fuego y la leña, pero, dónde está la víctima para el sacrificio, El señor proveerá, el señor ha de encontrar la víctima para el sacrificio. Y siguieron subiendo la cuesta. Pues bien, mientras suben y no suben, conviene saber cómo ha comenzado esto, para comprobar una vez más que el señor no es persona de la que uno pueda fiarse. Hará unos tres días, no mucho más, el señor le dijo a abraham, padre del muchachito que llevaba en la espalda el haz de leña, Llévate contigo a tu único hijo, isaac, a quien tanto quieres, vete a la región del moria, y me lo ofreces en sacrificio sobre uno de los montes que te indicaré. El lector ha leído bien, el señor ordenó a abraham que le sacrificase al propio hijo, con la mayor simplicidad lo hizo, como quien pide un vaso de agua cuando se tiene sed, lo que significa que era costumbre suya, y muy arraigada. Lo lógico, lo natural, lo simplemente humano hubiera sido que abraham mandara al señor a la mierda, pero no fue así. A la mañana siguiente, el desnaturalizado padre se levantó temprano para poner los arreos en el burro, preparó la leña para el fuego del sacrificio y se puso en camino hacia el lugar que el señor le había indicado, llevando consigo dos criados y a su hijo isaac. Al tercer día de viaje, abraham vio de lejos el sitio señalado. Les dijo entonces a los criados, Quedaos aquí con el burro que yo voy hasta más arriba con el niño para adorar al señor y después regresaremos hasta donde estáis.

Es decir, además de ser tan hijo de puta como el señor, abraham era un refinado mentiroso, dispuesto a engañar a cualquiera con su lengua bífida, que, en este caso, según el diccionario privado del narrador de esta historia, significa traicionera, pérfida, alevosa, desleal y otras lindezas semejantes. Llegando así al lugar del que el señor le había hablado, abraham construyó un altar y acomodó la leña encima. Después ató al hijo y lo colocó en el altar, sobre la leña. Acto seguido levantó el cuchillo para sacrificar al pobre muchacho y ya se disponía a cortarle el cuello cuando sintió que alguien le sujetaba el brazo, al mismo tiempo que una voz gritaba, Qué va a hacer, viejo malvado, matar a su propio hijo, quemarlo, otra vez la misma historia, se comienza por un cordero y se acaba asesinando a quien más se debería amar, Ha sido el señor quien me lo ha ordenado, se debatía abraham, Cállese, o quien mate aquí seré yo, desate ya al niño, arrodíllese y pídale perdón, Quién es usted, Soy caín, soy el ángel que le ha salvado la vida a isaac. No, no era cierto, caín no es ningún ángel, ángel es este que acaba de posarse con un gran ruido de alas y que comienza a declamar como un actor al que le acaban de dar el pie, No levantes la mano contra el niño, no le hagas ningún daño, pues ya veo que eres obediente al señor, dispuesto, por su amor, a sacrificar a tu único hijo, Llegas tarde, dijo caín, si isaac no está muerto es porque yo lo he impedido. El ángel puso cara de contrición, Siento mucho haber llegado tarde, pero no ha sido culpa mía, cuando venía hacia aquí me surgió un problema mecánico en el ala derecha, no sincronizaba con la izquierda, lo que ha dado como resultado continuos cambios de rumbo que me han desorientado, en verdad me las he visto y me las he deseado para llegar aquí, para colmo no me habían explicado bien cuál de estos montes era el del sacrificio, si he llegado ha sido por un milagro del señor, Tarde, dijo caín, Vale más tarde que nunca, respondió el ángel con fatuidad, como si acabara de enunciar una verdad primera, Te equivocas, nunca no es lo contrario de tarde, lo contrario de tarde es demasiado tarde, le respondió caín. El ángel murmuró, Eres un racionalista, y, como todavía no había terminado la misión que le había sido asignada, soltó el resto del recado, He aquí lo que me mandó decir el señor, Ya que has sido capaz de hacer esto y no dudaste en matar a tu propio hijo, juro por mi buen nombre que he de bendecirte y he de darte una descendencia tan numerosa como las estrellas del cielo o como las arenas de la playa y ella tomará posesión de las ciudades de sus enemigos, y más, a través de tus descendientes se han de sentir bendecidos todos los pueblos del mundo, porque tú obedeciste mi orden, palabra del señor. Así son, para quien no lo sepa o finja ignorarlo, las cuentas dobles del señor, dijo caín, si en una hay ganancia, en la otra no pierde, en cualquier caso no entiendo cómo van a ser bendecidos todos los pueblos del mundo sólo porque abraham obedeciera una orden estúpida, A eso lo llamamos nosotros en el cielo obediencia debida, dijo el ángel. Cojeando del ala derecha, con mal sabor de boca por el fracaso de su misión, la celestial criatura se fue, abraham y el hijo también van ya de camino al lugar donde los esperan los criados, y ahora, mientras caín coloca las aguaderas en el lomo del jumento, imaginemos un diálogo entre el frustrado verdugo y la víctima salvada in extremis. Preguntó isaac, Padre, qué mal te he hecho para que quisieras matarme, a mí que soy tu único hijo, Mal no me has hecho, isaac, Entonces por qué quisiste cortarme el cuello como si fuese un borrego, preguntó el chiquillo, si no hubiera aparecido ese hombre, a quien el señor cubra de bendiciones, para sujetarte el brazo, estarías ahora llevando un cadáver a casa, La idea fue del señor, que quería la prueba, La prueba de qué, De mi fe, de mi obediencia, Y qué señor es ese que ordena a un padre que mate a su propio hijo, Es el señor que tenemos, el señor de nuestros antepasados, el señor que estaba aquí cuando nacimos, Y si ese señor tuviera un hijo, también lo mandaría matar, preguntó isaac, El futuro lo dirá, Entonces el señor es capaz de todo, de lo bueno, de lo malo y de lo peor, Así es, Si tú hubieras desobedecido la orden, qué habría sucedido, Lo que el señor suele hacer es mandar la ruina o una enfermedad a quien le falla, Entonces el señor es rencoroso, Creo que sí, respondió abraham en voz baja,

como si temiese ser oído, para el señor nada es imposible, Ni un error, ni un crimen, preguntó isaac, Los
errores y los crímenes sobre todo, Padre, no me entiendo con esta religión, Haz por entenderte, hijo mío,
no tendrás otro remedio, ahora voy a hacerte una petición, una humilde petición, Cuál, Que olvidemos lo
que ha pasado, No sé si seré capaz, padre, todavía me
veo sobre la leña, atado, y tu brazo levantado, con el
cuchillo reluciente, El que estaba ahí no era yo, en mi
perfecto juicio nunca lo haría, Quieres decir que el
señor enloquece a las personas, preguntó isaac, Sí,
muchas veces, casi siempre, En cualquier caso, quien
tenía el cuchillo en la mano eras tú, El señor lo había
organizado todo, en el último momento intervendría,
viste al ángel que apareció, Llegó con retraso, El señor
habría encontrado otra manera de salvarte, probablemente sabía que el ángel se iba a atrasar y por eso hizo
aparecer a ese hombre, Caín se llama, no olvides lo
que le debes, Caín, repitió abraham obediente, lo conocí antes de que tú hubieras nacido, El hombre que
salvó a tu hijo de ser degollado y quemado en el haz
de leña que él mismo transportó sobre la espalda, Eso
no te ha pasado, hijo mío, Padre, la cuestión, aunque
a mí me importe mucho, no es tanto que yo haya muerto o no, la cuestión es que estamos gobernados por un
señor como éste, tan cruel como baal, que devoró a
sus hijos, Dónde has oído ese nombre, La gente sueña,
padre. Estoy soñando, dijo también caín cuando abrió

los ojos. Se había dormido montado en el jumento y de repente se despertó. Estaba en medio de un paisaje diferente, con algunos árboles raquíticos aquí y allá y tan seco como la tierra de nod, aunque seco de arena, no de cardos. Otro presente, dijo. Le pareció que éste debía de ser más antiguo que el anterior, en el que le había salvado la vida al muchachito llamado isaac, lo que demostraba que tanto podía avanzar como retroceder en el tiempo, y no por voluntad propia, pues, hablando francamente, se sentía como quien más o menos, sólo más o menos, sabe dónde está, pero no hacia dónde se dirige. Este lugar, por poner un pequeño ejemplo de las dificultades de orientación a las que caín se va enfrentando, tiene todo el aspecto de ser un presente que pasó hace mucho tiempo, como si el mundo todavía se encontrase en las últimas fases de construcción y todo tuviera un aspecto provisional. A lo lejos, qué oportuna imagen, a la vera misma del horizonte, se distinguía una torre altísima con la forma de un cono truncado, es decir, una forma cónica a la que le hubieran cortado la parte superior o a la que todavía no se la hubieran colocado. La distancia era grande, pero a caín, que tenía excelente vista, le pareció que había gente moviéndose alrededor del edificio. La curiosidad le hizo espolear al animal para que acelerara el paso, pero luego la prudencia le obligó a disminuir la velocidad. No tenía la certeza de que se tratara de gente pacífica, y, aunque lo fuese, quién sabe lo que podría sucederle a un burro con las aguaderas cargadas de alimentos de la mejor calidad ante una multitud de personas, por necesidad y tradición, dispuestas a devorar todo cuanto se les apareciese por delante. No las conocía, no sabía quiénes eran, pero no resultaba nada difícil pronosticar el final. Tampoco podía dejar allí al burro, atado a uno de estos árboles como algo sin importancia, pues se arriesgaría a no encontrarlo a la vuelta, ni al animal, ni la comida. La cautela mandaba que tomase otro camino, que se dejara de aventuras, en fin, por decirlo con otras palabras, que no desafiase al destino. La curiosidad, sin embargo, tuvo más fuerza que la cautela. Disimuló lo mejor que fue capaz la parte superior de las aguaderas con ramas de árboles, como si de comida para el animal se tratase, y, alea jacta est, puso rumbo directo hacia la torre. A medida que se aproximaba, el ruido de voces, primero tenue, iba creciendo y creciendo hasta transformarse en perfecta algazara. Parecen locos, locos de atar, pensó caín. Sí, estaban locos de desesperación porque hablaban y no conseguían entenderse, como si estuvieran sordos, y gritasen cada vez más alto, inútilmente. Hablaban lenguas diferentes y en algunos casos se reían y burlaban unos de otros como si la lengua de cada uno fuera más armoniosa y más bella que la de los demás. Lo curioso del caso, y esto todavía no lo sabía caín, es que ninguna de esas lenguas existía antes en el mundo, todos los que allí se encontraban tenían un solo idioma de origen y se comprendían sin la menor dificultad. Tuvo la suerte de toparse con un hombre que hablaba hebreo, lengua que le había caído en suerte, en medio de la confusión creada y de la que caín ya era consciente, con gente expresándose, sin diccionarios ni intérpretes, en inglés, en alemán, en francés, en español, en italiano, en euskera, algunos en latín y griego, e incluso, quién podría imaginarlo, en portugués. Qué guirigay es éste, preguntó caín, y el hombre le respondió, Cuando vinimos de oriente para asentarnos aquí, hablábamos todos la misma lengua, Y cómo se llamaba, quiso saber caín, Como era la única que había no necesitaba tener un nombre, era la lengua, nada más, Qué sucedió después, A alguien se le ocurrió hacer ladrillos y cocerlos al horno, Cómo los hacía, preguntó el antiguo pisador de barro, sintiendo que estaba con su gente, Como siempre se han hecho, con barro, arena y piedrecitas pequeñas, como argamasa usábamos el alquitrán, Y luego, Luego decidimos construir una ciudad con una gran torre, esa que ves ahí, una torre que llegase al cielo, Para qué, preguntó caín, Para hacernos famosos, Y qué sucedió, por qué está la construcción parada, Porque el señor vino a inspeccionar y no le gustó, Llegar al cielo es el deseo de todo hombre justo, el señor incluso debería haber echado una mano en la obra, Hubiera sido bueno, pero no fue así, Entonces, qué hizo, Dijo que después de habernos puesto a hacer la torre ya nadie nos podría impedir que hiciéramos lo que quisiéramos, por eso nos confundió las lenguas y a partir de ese instante, como ves, dejamos de entendernos, Y ahora, preguntó caín, Ahora no habrá ciudad, la torre no se terminará y nosotros, cada uno con su lengua, no podremos vivir juntos como hasta ahora, Lo mejor será dejar la torre como recuerdo, tiempos vendrán en que se harán excursiones de todas partes para ver las ruinas, Probablemente ni ruinas habrá, hay por ahí quien le ha oído decir al señor que cuando ya no estemos aquí mandará un gran viento para destruirla, y lo que el señor dice, lo hace, Los celos son su gran defecto, en vez de estar orgulloso de los hijos que tiene, prefiere dejar que lo venza la envidia, está claro que el señor no soporta ver a una persona feliz, Tanto trabajo, tanto sudor, para nada, Qué pena, dijo caín, sería una bonita obra, Pues sí, dijo el hombre, ahora con los ojos golosos clavados en el burro. Hubiera sido para él una conquista fácil de haber pedido el auxilio de los compañeros, pero el egoísmo pudo más que la inteligencia. Cuando esbozó un movimiento para echarle mano al asno, el burro, ese mismo que salió de las cuadras de noah con reputación de dócil, marcó una especie de paso de baile con las patas delanteras y girando los cuartos traseros dio un par de coces que acabaron con el pobre diablo en el lodo. Aunque había actuado en legítima defensa, el burro tuvo inmediata conciencia de que sus buenas razones no serían admitidas por la masa que, bramando en todas las lenguas habidas y por haber, avanzaba para saquear las aguaderas y transformarlo a él en albóndigas. Sin necesitar del estímulo de los talones del caballero, arrancó con un trote vivo y luego con un galope del todo inesperado, vista su naturaleza asnina, de animal seguro pero al que, en principio, no se le pueden pedir prisas. Los asaltantes tuvieron que resignarse a verlo desaparecer en medio de una nube de polvo, que acabaría teniendo otra importante consecuencia, la de hacer pasar a caín y a su montura a otro presente futuro en este mismo lugar, pero limpio de los osados rivales del señor, dispersos por el mundo porque ya no tenían otra lengua común que los mantuviese unidos. Imponente, majestuosa, la torre allí estaba, a la vera del horizonte, y, aunque inacabada, parecía capaz de desafiar a los siglos y a los milenios, cuando, de repente, estaba y dejó de estar. Se cumplía así lo que el señor anunció, que enviaría un gran viento que no dejaría piedra sobre piedra ni ladrillo sobre ladrillo. La distancia no le permitió a caín notar la violencia del huracán soplado por la boca del señor ni el estruendo de los muros derrumbándose uno tras otro, los pilares, las arcadas, las bóvedas, los contrafuertes, por eso la torre parecía desmoronarse en silencio, como un castillo de cartas, hasta que todo acabó en una enorme nube de polvo que subía al cielo y no dejaba ver el sol. Muchos años después se dirá que allí cayó un meteorito, un cuerpo celeste de los muchos que vagan por el espacio, pero no es verdad, fue la torre de babel que el orgullo del señor no permitió que terminásemos. La historia de los hombres es la historia de sus desencuentros con dios, ni él nos entiende a nosotros ni nosotros lo entendemos a él.

7

Escrito estaba en las tablas del destino que caín tendría que reencontrarse con abraham. Un día, debido a uno de esos súbitos cambios de presente que lo hacían viajar en el tiempo, ora hacia delante, ora hacia atrás, caín se encontró ante una tienda, a la hora del calor, junto a unas encinas en mambré. Le había parecido vislumbrar a un anciano que le recordaba vagamente a alguien. Para tener la certeza llamó a la puerta de la tienda, y entonces apareció abraham. Buscas a alguien, preguntó él, Sí y no, estoy sólo de paso, me ha parecido reconocerte y no me he equivocado, cómo está tu hijo isaac, yo soy caín, Te has equivocado, el único hijo que tengo se llama ismael, no isaac, e ismael es el hijo que le hice a mi esclava agar. El vivo espíritu de caín, ya entrenado en situaciones como ésta, se iluminó de repente, el juego de los presentes alternativos había manipulado el tiempo una vez más, mostrándole antes lo que sólo sucedería después, o sea, por decirlo con las palabras más simples y explícitas que tenemos, el tal isaac todavía no había nacido. No recuerdo haberte visto nunca, dijo abraham, pero entra, estás en tu casa, mandaré

99

que te traigan agua para que te laves los pies y pan para la jornada, Primero he de ocuparme de mi jumento, Llévalo hasta aquellas encinas, allí hay heno y paja y un abrevadero lleno de agua fresca. Caín llevó al asno por la rienda, le quitó la albarda para que se desahogase del calor que hacía y lo instaló en una sombra. Después sopesó las aguaderas casi vacías pensando cómo podría remediar la escasez de alimentos que ya empezaba a ser alarmante. Lo que le había oído decir a abraham le dio un alma nueva, pero hay que tener en cuenta que no sólo de pan vive el hombre, sobre todo él, habituado en los últimos tiempos a mimos gastronómicos muy por encima de su origen y condición social. Dejando al jumento entregado a los más genuinos placeres campestres, agua, sombra, comida abundante, caín se encaminó a la tienda, llamó a la puerta para avisar de su presencia y entró. Enseguida vio que se celebraba allí una reunión a la que obviamente no había sido invitado, en la que tres hombres que, por lo visto, llegaron mientras él se ocupaba del burro conversaban con el dueño de la casa. Hizo ademán de retirarse con la debida discreción, pero abraham le dijo, No te vayas, siéntate, todos sois mis huéspedes, y ahora, si me dais licencia, voy a impartir mis órdenes. A continuación fue al interior de la tienda y le dijo a sara, su mujer, Date prisa, amasa tres medidas de la mejor harina y haz unos cuantos panes. Después se acercó al lugar donde se encontraba el ganado y trajo un ternero joven y gordo que le entregó a un criado para que lo cocinase sin tardanza. Concluido todo esto, sirvió a los huéspedes la ternera que había preparado, incluyendo a caín, Comes con ellos allí, debajo de los árboles, dijo. Y, como si esto fuese poco, todavía les sirvió manteca y leche. Entonces ellos preguntaron, Dónde está sara, y abraham respondió, Está en la tienda. Y aquí fue cuando uno de los tres hombres dijo, El año que viene volveré a tu casa y, a su debido tiempo, tu mujer tendrá un hijo, Ése será isaac, dijo caín en voz baja, tan baja que nadie pareció haberlo oído. Pues bien, abraham y sara tenían bastante edad, ella ya no estaba en condiciones de tener hijos. Por eso sonrió al pensar, Cómo voy a sentir esa alegría si mi marido y yo estamos viejos y cansados. El hombre le preguntó a abraham, Por qué ha sonreído sara pensando que ya no puede tener un hijo a esta edad, será que para el señor eso es una cosa tan difícil. Y repitió lo que había dicho antes, De aquí a un año volveré a pasar por tu casa y, a su debido tiempo, tu mujer habrá dado a luz a un hijo. Al oír esto, sara se asustó y negó que hubiese sonreído, pero el otro respondió, Sí que has sonreído, señora, que yo bien lo he visto. En ese momento todos comprendieron que el tercer hombre era el propio señor dios en persona. No quedó dicho en el momento adecuado que caín, antes de entrar en la tienda, se había bajado hasta los ojos la banda del turbante para esconder su marca a la curiosidad de los presentes,

sobre todo del señor, que inmediatamente lo reconocería, por eso, cuando el señor le preguntó si su nombre
era caín, respondió, Caín soy, en verdad, pero no ése.

Lo natural hubiera sido que el señor, ante la no
del todo hábil salida, hubiese insistido y que caín acabara confesando ser el mismo, aquel que asesinó a su
hermano abel y que por esa culpa andaba cumplien-
do pena de errante y perdido, pero el señor tenía una
preocupación mucho más urgente e importante que la
de dedicarse a averiguar la verdadera identidad de un
forastero sospechoso. Era el caso que le estaban llegando arriba, al cielo de donde había salido instantes
antes, numerosas quejas por los crímenes contra natu-
ra cometidos en las ciudades de sodoma y gomorra,
allí cerca. Como el imparcial juez que siempre había
presumido ser, aunque no faltasen acciones suyas que
demostraran precisamente lo contrario, decidió venir
aquí abajo para poner la cuestión en limpio. Por eso
se dirigía ahora a sodoma, acompañado de abraham,
y también de caín, que pidió, por curiosidad de turis-
ta, que lo dejasen ir. Los dos que venían con él, y que
seguro eran ángeles de compañía, habían partido antes. Entonces abraham le hizo tres preguntas al señor,
Vas a destruir a los inocentes junto a los culpables,
supongamos que existen unos cincuenta inocentes en
sodoma, los vas a destruir también a ellos, no serás
capaz de perdonar a toda la ciudad en atención a los
cincuenta que se encuentran inocentes de mal. Y pro-

siguió diciendo, No es posible que hagas una cosa de ésas, señor, condenar a muerte al inocente junto al culpable, de ese modo, ante los ojos de toda la gente, dará lo mismo ser inocente que culpable, pues bien, tú que eres el juez del mundo entero debes ser justo en tus sentencias. A esto respondió el señor, Si yo encuentro en la ciudad de sodoma a cincuenta personas inocentes, perdonaré a toda la ciudad en atención a ellas. Animado, lleno de esperanza, abraham continuó, Ya que me he tomado la libertad de hablarle a mi señor, siendo como soy nada más que humilde polvo de la tierra, me permitiré todavía una palabra más, supongamos que no llegan a ser cincuenta, que faltan unas cinco, destruirás la ciudad por culpa de esas cinco. El señor respondió, Si encuentro allí cuarenta y cinco inocentes tampoco destruiré la ciudad. Abraham decidió insistir, ya que el tren estaba en marcha, Supongamos que hay allí cuarenta inocentes, y el señor respondió, Por esos cuarenta tampoco destruiré la ciudad, Y si se encuentran treinta, Por esos treinta no le haré daño a la ciudad, Y si fueran veinte, insistió abraham, No la destruiré en atención a esos veinte. Entonces abraham se atrevió a decir, Que mi señor no se enfade si yo le pregunto una vez más, Habla, dijo el señor, Supongamos que existen sólo diez personas inocentes, y el señor respondió, Tampoco la destruiré en atención a esos diez. Después de haber respondido así a las preguntas de abraham, el señor se retiró, y abraham, acompañado de caín,

103

regresó a la tienda. De aquel que todavía estaba por nacer, de isaac, no se hablaría más. Cuando llegaron a las encinas de mambré, abraham entró en la tienda, de donde salió poco después con los panes que le entregó a caín, según le había prometido. Caín, que estaba ensillando el jumento, se detuvo para agradecer la generosa dádiva y preguntó, Cómo te parece que el señor va a contar a los diez inocentes que, en el caso de existir, evitarán la destrucción de sodoma, crees que irá de puerta en puerta inquiriendo las tendencias y los apetitos sexuales de los padres de familia y de sus descendientes machos, El señor no necesita hacer escrutinios de ésos, él sólo tiene que mirar la ciudad desde arriba para saber lo que en ella pasa, respondió abraham, Quieres decir que el señor hizo ese acuerdo contigo para nada, sólo para complacerte, preguntó de nuevo caín, El señor empeñó su palabra, A mí no me lo ha parecido, tan cierto como que me llamo caín, aunque es verdad que también me he llamado abel, que, existan o no inocentes, sodoma será destruida, y es posible que esta misma noche, Es posible, sí, y no será sólo sodoma, será también gomorra, y dos o tres ciudades de la planicie donde las costumbres sexuales se han relajado por igual, los hombres con los hombres y las mujeres apartadas, Y a ti no te preocupa lo que les pueda suceder a esos dos hombres que venían con el señor, No eran hombres, eran ángeles, que los conozco bien, Ángeles sin alas, No necesitarán las alas si

104

tienen que escaparse, Pues te digo que a los de sodoma les va a importar un rábano que sean ángeles si les ponen las manos y otras cosas encima, y el señor no se quedará nada satisfecho contigo, yo, si estuviera en tu lugar, iría a la ciudad a ver lo que pasa, a ti no te harán daño, Tienes razón, iré, pero te pido que me acompañes, me sentiré más seguro, un hombre y medio valen más que uno, Somos dos, no uno, Yo soy sólo la mitad de un hombre, caín, Siendo así, vamos, si nos asaltan, a dos o tres todavía los puedo despachar con el puñal que llevo debajo de la túnica, a partir de ahí el señor proveerá. A continuación abraham llamó a un criado y le ordenó que llevase el jumento a la cuadra, y a caín le dijo, Si no tienes compromisos que te obliguen a partir hoy, te ofrezco mi hospitalidad para esta noche como un pequeño pago por el favor que me harás acompañándome, Otros favores espero poder hacerte en el futuro, si están en mi mano, respondió caín, pero abraham no podía imaginar adónde quería llegar con estas misteriosas palabras. Empezaron a bajar a la ciudad y abraham dijo, Comenzaremos yendo a casa de mi sobrino lot, hijo de mi hermano haran, él nos pondrá al corriente de lo que esté pasando. Ya el sol se había puesto cuando llegaron a sodoma, pero todavía quedaba mucha luz del día. Entonces vieron a un gran grupo de hombres frente a la casa de lot que gritaban, Queremos a esos que tienes ahí, mándalos fuera porque queremos dormir con ellos, y daban golpes en la puerta, amenazando echarla abajo. Dijo abraham, Ven conmigo, demos la vuelta a la casa y llamemos por el portón trasero. Así lo hicieron. Entraron cuando lot, desde el otro lado de la puerta principal, estaba diciendo, Por favor, amigos, no cometáis un crimen de ésos, tengo dos hijas solteras, podéis hacer con ellas lo que queráis, pero a estos hombres no les hagáis mal porque ellos han buscado protección en mi casa. Los de fuera continuaban dando gritos furiosos, pero de repente los clamores mudaron de tono y ahora lo que se oía eran lamentos y llantos, Estoy ciego, estoy ciego, era lo que decían todos, y preguntaban, Dónde está la puerta, aquí había una puerta y ya no está. Para salvar a sus ángeles de ser brutalmente violados, destino peor que la muerte según los entendidos, el señor dejó ciegos a todos los hombres de sodoma sin excepción, lo que prueba que, al final, ni diez inocentes había en toda la ciudad. Dentro de casa, los visitantes le decían a lot, Vete de este lugar con todos aquellos que te pertenecen, hijos, hijas, yernos, y todo cuanto tuvieres en esta ciudad, porque hemos venido a destruirla. Lot salió y fue a avisar a los que iban a ser sus futuros yernos, pero ellos no se lo creyeron y se rieron de lo que consideraban que era una broma. Iba avanzada la madrugada cuando los mensajeros del señor volvieron a insistirle a lot, Levántate y saca de aquí a tu mujer y a las dos hijas que todavía están contigo si no quieres sufrir también el castigo que caerá sobre la ciudad, no es ésa la

106

voluntad del señor, pero es lo que inevitablemente sucederá si no nos obedeces. Y, sin aguardar respuesta, tomándolos de la mano a él, a la mujer y a las dos hijas, los llevaron fuera de la ciudad. Abraham y caín fueron también con ellos, aunque no para acompañarlos a las montañas como hubieran hecho los demás de haber seguido el consejo de los mensajeros porque lot pidió que los dejaran quedarse en una ciudad, casi una aldea, llamada zoar. Id allí, dijeron los mensajeros, pero no miréis atrás. Lot entró en el pueblo cuando el sol estaba naciendo. El señor hizo entonces caer azufre y fuego sobre sodoma y gomorra, destruyó ambas ciudades hasta los cimientos, así como toda la región, con todos sus habitantes y vegetación. Se mirase donde se mirase, sólo se veían ruinas, cenizas y cuerpos carbonizados. En cuanto a la mujer de lot, ésta miró atrás desobedeciendo la orden recibida y quedó transformada en una estatua de sal. Hasta hoy nadie ha conseguido comprender por qué fue castigada de esa manera, cuando es tan natural que queramos saber qué pasa a nuestras espaldas. Es posible que el señor hubiera querido escarmentar la curiosidad como si se tratase de un pecado mortal, pero eso tampoco va en abono de su inteligencia, véase lo que sucedió con el árbol del bien y del mal, si eva no le hubiese dado de comer el fruto a adán, si no lo hubiese comido ella también, todavía estarían en el jardín del edén, con lo aburrido que era aquello. En el regreso, por casualidad, se detuvieron

107

un momento en el camino donde abraham estuvo hablando con el señor y ahí caín dijo, Tengo un pensamiento que no me deja, Qué pensamiento, preguntó abraham, Pienso que había inocentes en sodoma y en las otras ciudades que fueron quemadas, Si los hubiera, el señor habría cumplido la promesa que me hizo de salvarles la vida, Los niños, los niños eran inocentes, Dios mío, murmuró abraham, y su voz fue como un gemido, Sí, será tu dios, pero no fue el de ellos.

8

En un instante, aquel mismo caín que estuvo en sodoma y había regresado a los caminos se encontró en el desierto del sinaí, donde, con gran sorpresa, se vio en medio de una gran multitud de personas acampadas en la falda de un monte. No sabía quiénes eran, ni de dónde venían, ni hacia dónde iban. Si le preguntase a alguna persona de las que estaban por allí cerca se denunciaría enseguida como extranjero y eso sólo podría traerle complicaciones y problemas. Estando, como se ve, prudentemente de pie atrás, decidió que esta vez no se llamaría ni caín ni abel, no vaya a ocurrir que el diablo cargue las armas y traiga hasta aquí a alguien que haya oído hablar de la historia de los dos hermanos y comience con las preguntas embarazosas. Lo mejor sería mantener bien abiertos los ojos y los oídos y sacar conclusiones por uno mismo. De una cosa estaba seguro, el nombre de un tal moisés andaba en boca de toda la gente, unos con antigua veneración, con cierta reciente impaciencia la mayoría. Y eran éstos los que preguntaban, Dónde está moisés, hace cuarenta días y cuarenta noches que se fue al monte a hablar con el señor y hasta ahora ni buenas ni nuevas, está claro que el señor nos ha abandonado, no quiere saber nada más de su pueblo. El camino del equívoco nace estrecho, pero siempre encuentra quien esté dispuesto a ensancharlo, digamos que el equívoco, repitiendo el dicho popular, es como el comer y el rascar, la cuestión es empezar. Entre la gente que esperaba el regreso de moisés del monte sinaí se encontraba un hermano suyo que se llamaba aarón, al que, cuando todavía estaban en el tiempo de la esclavitud de los israelitas en egipto, nombraron sumo sacerdote. Hasta él se dirigieron los impacientes, Anda, haznos un dios que nos guíe, porque no sabemos lo que le ha sucedido a moisés, y entonces aarón, que, por lo visto, además de no ser un modelo de firmeza de carácter, era bastante asustadizo, en lugar de negarse rotundamente, dijo, Si así lo queréis, quitad las argollas de oro de las orejas de vuestras mujeres y de vuestros hijos e hijas y traédmelas aquí. Ellos así lo hicieron. Después aarón echó el oro en un molde, lo fundió y de él salió un becerro de oro. Satisfecho, al parecer, con su obra, y sin darse cuenta de la grave incompatibilidad que estaba a punto de crear sobre el objeto de las futuras adoraciones, si el señor puramente dicho, o un becerro haciendo de dios, anunció, Mañana habrá fiesta en honor del señor. Todo esto fue oído por caín, que, reuniendo palabras sueltas, fragmentos de diálogos, esbozos de opiniones, comenzó a formarse una idea no sólo de lo que estaba pasando en aquel momento sino de sus antecedentes. Lo ayudaron mucho las conversaciones escuchadas en una tienda colectiva donde dormían los solteros, los que no tenían familia. Caín dijo que se llamaba noah, no se le ocurrió mejor nombre, y fue bien aceptado, integrándose de manera natural en las reuniones. Ya en aquel tiempo los judíos hablaban mucho, y a veces demasiado. A la mañana siguiente circuló la voz de que moisés estaba, por fin, bajando del monte sinaí y que josué, su ayudante y comandante militar de los israelitas, había salido a su encuentro. Cuando josué oyó los gritos que el pueblo daba, le dijo a moisés, Hay gritos de guerra en el campamento, y moisés le dijo a josué, Lo que se oye no son los alegres cantos de victoria ni los tristes cantos de derrota, son sólo voces de gente cantando. No sabía él lo que le esperaba. Al entrar en el campamento se dio de bruces con el becerro de oro y la gente danzando alrededor. Entonces le echó mano al becerro, lo partió, lo redujo a polvo y volviéndose a aarón le preguntó, Qué te ha hecho este pueblo para dejarlo cometer un pecado tan grande, y aarón, que, con todos sus defectos, conocía el mundo en que vivía, respondió, Oh, mi señor, no te irrites conmigo, bien sabes que este pueblo está inclinado hacia el mal, la idea fue de ellos, querían otro dios porque ya no creían que tú regresarías, y seguramente me habrían matado si me hubiera negado a cumplir su voluntad. Oyendo esto moisés, se puso a la entrada del

111

campamento y gritó, Quien esté con el señor que se una a mí. Todos los de la tribu de leví se unieron a él y moisés proclamó, He aquí lo que dice el señor, dios de israel, Tome cada uno una espada, regrese al campamento y vaya de puerta en puerta matando al hermano, al amigo o al vecino. Y así fue como murieron cerca de tres mil hombres. La sangre corría entre las tiendas como una inundación que brotase del interior de la propia tierra, como si ella misma estuviera sangrando, los cuerpos degollados, los vientres abiertos rajados por la mitad yacían por todas partes, los gritos de las mujeres y de los niños eran tales que debían de llegar a la cima del monte sinaí, donde el señor se estaría regocijando con su venganza. Caín no podía creer lo que estaba viendo con sus ojos. No bastaban sodoma y gomorra arrasadas por el fuego, aquí, en la falda del monte sinaí, quedó patente la prueba irrefutable de la profunda maldad del señor, tres mil hombres muertos sólo porque le irritaba la invención de un supuesto rival en figura de becerro, Yo no hice nada más que matar a un hermano y el señor me castigó, quiero ver quién va a castigar ahora al señor por estas muertes, y luego continuó, Lucifer sabía bien lo que hacía cuando se rebeló contra dios, hay quien dice que lo hizo por envidia y no es cierto, es que él conocía la maligna naturaleza del sujeto. Algo del polvo de oro soplado por el viento manchaba las manos de caín. Se las lavó en un charco como si cumpliese el ritual de sacudirse de los pies la tierra de un lugar donde hubiese sido mal recibido, se montó en el burro y se fue. Había una nube oscura en lo alto del monte sinaí, allí estaba el señor.

Por motivos que no está en nuestras manos dilucidar, simples repetidores de historias antiguas que somos, pasando continuamente de la credulidad más ingenua al escepticismo más resoluto, caín se vio metido en lo que, sin exageración, podríamos llamar una tempestad, un ciclón del calendario, un huracán del tiempo. Durante algunos días, después del episodio del becerro de oro y de su corta existencia, se sucedieron con increíble rapidez sus ya conocidos cambios de presente, surgiendo de la nada y precipitándose en la nada en forma de imágenes sueltas, inconexas, sin continuidad ni relación entre ellas, en algunos casos mostrando lo que parecía que eran batallas de una guerra infinita cuya causa primera ya nadie recordaba, en otros una especie de farsa grotesca invariablemente violenta, una especie de continuo guiñol, áspero, chirriante, obsesivo. Una de esas múltiples imágenes, la más enigmática y fugitiva de todas, le puso delante de los ojos una enorme extensión de agua donde, hasta el horizonte, no se alcanzaba a ver una isla ni un simple barco de vela con sus pescadores y sus redes. Agua, sólo agua, agua por todas partes, nada más que agua ahogando el mundo. De muchas de estas historias, obviamente, caín no podría haber sido testigo directo, aunque algunas, tanto verdaderas como falsas, llegaron a su conocimiento por la sabida vía de alguien que lo había oído de alguien o por alguien que se lo contó a alguien. Ejemplo de esas historias fue el escandaloso caso de lot y de sus hijas. Cuando sodoma y gomorra fueron destruidas, lot tuvo miedo de seguir viviendo en la ciudad de zoar, que estaba cerca, y decidió refugiarse en una gruta en las montañas. Un día, la hija mayor le dijo a la más joven, Nuestro padre está acabado, cualquier día se nos muere, y por estos sitios no hay ni un solo hombre que se case con nosotras, mi idea es que embriaguemos a padre y después durmamos con él para que nos dé descendientes. Así se hizo, sin que lot se hubiese dado cuenta, ni cuando ella se acostó ni cuando salió de la cama, y lo mismo sucedió con la hija más joven a la noche siguiente, ni cuando se acostó ni cuando salió de la cama, tan borracho estaba el viejo. Las dos hermanas se quedaron embarazadas, pero caín, gran especialista en erecciones y eyaculaciones, como gustosamente confirmaría lilith, su primera y hasta ahora única amante, dijo cuando esta historia le fue contada, A un hombre borracho de esa manera, hasta el punto de no darse cuenta de lo que está pasando, la cosa simplemente no se le levanta, y si no se le levanta la cosa entonces no puede haber penetración y, por tanto, de engendrar, nada. Que el señor haya admitido el incesto como algo cotidiano y no merecedor de castigo en aquellas antiguas sociedades por él gestionadas, no es nada que deba sorprendernos si tenemos en cuenta que era una naturaleza todavía no dotada de códigos morales y para la que lo importante era la propagación de la especie, ya fuese por imposición del celo, ya fuese por simple apetito o, como se dirá más tarde, por hacer el bien sin mirar a quién. El propio señor dijo, Creced y multiplicaos, y no puso limitaciones ni reservas al mandamiento, ni con quién sí ni con quién no. Es posible, aunque esto no pase por ahora de una hipótesis de trabajo, que la liberalidad del señor en esto de hacer hijos tuviera que ver con la necesidad de suplir las pérdidas en muertos y heridos que sufrían los ejércitos propios y ajenos un día sí y otro también, como hasta ahora se ha visto y con toda seguridad se seguirá viendo. Oportuno es que recordemos ahora lo que sucedió a la vista del monte sinaí y de la columna de humo que era el señor, el afán erótico con que, en esa misma noche, enjugadas las lágrimas de los sobrevivientes, se trató de gestar a toda prisa nuevos combatientes para empuñar las espadas sin dueño y degollar a los hijos de los que en ese momento habían salido vencedores. Véase sólo lo que les sucedió a los madianitas. Por una de esas casualidades de la guerra, los de madián habían derrotado a los israelitas, los cuales, viene a propósito decirlo, a pesar de toda la propaganda que les atribuye lo contrario, no pocas veces acabaron vencidos en la historia. Con esta piedra en el zapato, el señor le dijo a moisés, Debes hacer que los israelitas se venguen de los madianitas y luego vete preparando porque ya va llegando la hora de que te unas a tus antepasados. Sobreponiéndose a la desagradable noticia sobre el poco tiempo que le quedaba por vivir, moisés mandó que cada una de las doce tribus de israel prepararan mil hombres para la guerra, y así reunió a un ejército de doce mil soldados que destrozó a los madianitas, sin que escapara con vida ninguno de ellos. Entre los que fueron muertos estaban los reyes de la región de madián, que eran evi, requem, zur, hur y reba, antiguamente los reyes tenían nombres tan extraños como éstos, es curioso que ninguno se llamara juan ni alfonso, o manuel, sancho o pedro. En cuanto a las mujeres y los niños, los israelitas se los llevaron como prisioneros y, como botín de guerra, los animales, el ganado y todas las riquezas. Se lo entregaron todo a moisés y al sacerdote eleazar y a las comunidades israelitas que se encontraban en las planicies de moab, junto al río jordán, frente a jericó, precisiones toponímicas que son dejadas aquí para probar que no nos estamos inventando nada. Ya sabedor de los resultados de la lucha, moisés se irritó cuando vio entrar a los militares en el campamento y les preguntó, Por qué no habéis matado también a las mujeres, esas que hicieron que los israelitas se apartasen del señor y adorasen al rey baal, maldad que provocó una gran mortandad en el pueblo del señor, os ordeno, por tanto, que volváis atrás y matéis a todos los niños y a todas las niñas, y a las mujeres casadas, en cuanto a las otras, las solteras, guardadlas para vuestro uso. Nada de esto sorprendía ya a caín. Lo que para él fue novedad absoluta, y por eso aquí queda puntual registro, fue la repartición del botín, de la que consideramos indispensable dejar noticia para que conozcamos las costumbres del tiempo, pidiendo de antemano disculpas al lector por el exceso de minuciosidad del que no somos responsables. He aquí lo que el señor le dijo a moisés, Tú y el sacerdote eleazar y los jefes de tribu de la comunidad haréis las cuentas del botín que habéis traído, tanto de las personas como de los animales, y lo dividiréis por la mitad, una parte para los soldados que fueron a la batalla y la otra para el resto de la comunidad. De la parte de los soldados retirarás, como tributo para el señor, una cabeza por cada quinientas, tanto de las personas como de los animales, bueyes, burros u ovejas. De la parte destinada a los israelitas retirarás una por cada cincuenta, tanto de las personas como de los animales, bueyes, burros, ovejas y de todas las especies de animales, y se las entregaréis a los levitas, encargados de la guarda del santuario del señor. Moisés hizo lo que dios le había mandado. El botín total que los guerreros israelitas recogieron fue de seiscientas setenta y cinco mil ovejas, setenta y dos mil bueyes, sesenta y un mil burros y treinta y dos mil mujeres solteras. La mitad que correspondía a los soldados que fueron a la batalla era de trescientas treinta y siete mil quinientas ovejas, que-

dando seiscientas setenta y cinco como tributo al señor, de los treinta y seis mil bueyes quedaron setenta
y dos como tributo al señor, de los treinta mil quinientos burros quedaron sesenta y uno como tributo al
señor y de las dieciséis mil personas quedaron treinta
y dos como tributo al señor. La otra mitad que moisés
había separado de la parte que le tocaba a los soldados
y destinó a la comunidad de los israelitas era también
de trescientas treinta y siete mil quinientas ovejas, treinta y seis mil bueyes, treinta mil quinientos burros y
dieciséis mil mujeres solteras. De esta mitad, moisés
retiró una cabeza de cada cincuenta tanto de personas
como de animales, y las entregó a los levitas encargados de la guarda del santuario del señor, tal como el
señor le había mandado. Pero eso no fue todo. Como
reconocimiento al señor por haberles salvado la vida,
pues ninguno de ellos había muerto en la batalla, los
soldados, a través de sus comandantes, ofrecieron al
señor los objetos de oro que cada uno había encontrado
en el saqueo de la ciudad. Entre brazaletes, pulseras,
anillos, pendientes y collares fueron unos ciento setenta kilos. Como queda de sobra demostrado, el señor,
además de estar dotado por naturaleza de una excelente
cabeza para contable y ser rapidísimo en cálculo men-
tal, es, lo que se puede decir, rico. Todavía asombrado
por la abundancia en ganado, esclavas y oro, fruto de
las batallas contra los madianitas, caín pensó, Está visto que la guerra es un negocio de primer orden, tal vez

sea incluso el mejor de todos, a juzgar por la facilidad con que se adquieren en un visto y no visto miles y miles de bueyes, ovejas, burros y mujeres solteras, a este señor habrá que llamarle algún día dios de los ejércitos, no le veo otra utilidad, pensó caín, y no se equivocaba. Es bien posible que el pacto de alianza que algunos afirman que existe entre dios y los hombres no contenga nada más que dos artículos, a saber, tú nos sirves a nosotros, vosotros me servís a mí. De lo que no hay duda es de que las cosas han cambiado mucho. Antiguamente el señor se le aparecía a la gente en persona, en carne y hueso, por decirlo de alguna manera, se veía que sentía incluso cierta satisfacción en exhibirse al mundo, que lo digan adán y eva, que de su presencia se beneficiaron, que lo diga también caín, aunque en mala ocasión, pues las circunstancias, nos referimos, claro está, al asesinato de abel, no eran las más adecuadas para especiales demostraciones de alegría. Ahora el señor se esconde en columnas de humo, como si no quisiese que lo vieran. En nuestra opinión de simple observador de los acontecimientos, debe de estar avergonzado por algunas de sus tristes actuaciones, como en el caso de los niños inocentes de sodoma, que el fuego divino calcinó.

9

El lugar es el mismo, pero el presente ha cambiado.
Caín tiene delante de los ojos la ciudad de jericó, donde, por razones de seguridad militar, no le han permi-
tido la entrada. Se esperaba en cualquier momento el
asalto del ejército de josué y, por más que caín jurara
que no era israelita, le negaron el acceso, sobre todo
porque no dio ninguna respuesta satisfactoria cuando
le preguntaron, Qué eres, si no eres israelita. En el
nacimiento de caín, israelitas era algo que todavía no
existía, y, cuando mucho más tarde comenzaron a des-
collar, con las desastrosas consecuencias de sobra co-
nocidas, los censos que se fueron elaborando dejaron
fuera a la familia de adán. Caín no era israelita, pero
tampoco era hitita, o amorreo, o fereceo, o heveo, je-
buseo. Lo salvó de esta indefinición identitaria un albéitar del ejército de josué que se quedó prendado del
jumento de caín, Buena pieza tienes ahí, dijo, Viene
conmigo desde que dejé la tierra de nod y nunca me
ha fallado, Pues si es así, y estás de acuerdo, te contra-
to como mi ayudante a cambio de la comida, con la
condición de que me dejes montar tu burro de vez en

cuando. A caín le pareció razonable el negocio, pero todavía objetó, Y después, Después de qué, preguntó el otro, Cuando jericó caiga, Hombre, jericó es sólo el principio, lo que se aproxima es una larga guerra de conquistas en la que los albéitares no seremos menos necesarios que los soldados, Si es así, estoy de acuerdo, dijo caín. Había oído hablar de una célebre prostituta que vivía en jericó, una tal rahab, por la que, tales eran las descripciones de quienes la conocían, venía anhelando un encuentro que le refrescase la sangre, pues desde la última noche que pasó con lilith nunca más había tenido una mujer debajo. No lo dejaron entrar en jericó, pero no perdió la esperanza de llegar a dormir con ella. El albéitar le hizo saber a quien correspondía que había contratado a un ayudante a cambio de la comida y fue así como caín se vio integrado en los servicios de apoyo de los ejércitos de josué, curando las mataduras de los burros, bajo la exigente orientación del jefe, burros y nada más que burros, pues el arma de caballería propiamente dicha todavía no había sido inventada. Tras una espera que a todos les pareció excesiva, se supo que el señor finalmente había hablado a josué, al que, con estas palabras, le ordenó lo siguiente, Durante seis días, tú y tus soldados desfilaréis alrededor de la ciudad una vez por día, delante del arca de la alianza irán siete sacerdotes, cada uno haciendo sonar un cuerno de carnero, al séptimo día daréis siete vueltas a la ciudad, mientras los sacerdotes siguen haciendo sonar las trompetas, cuando ellos emitan un sonido más prolongado, el pueblo deberá gritar con todas sus fuerzas y entonces las murallas de la ciudad se derrumbarán. Contrariando el más legítimo escepticismo, así sucedió. Al cabo de siete días de esta maniobra táctica nunca antes experimentada, las murallas se derrumbaron de verdad y todo el mundo entró corriendo en la ciudad, cada cual por la apertura que tenía delante, y jericó fue conquistada. Destruyeron todo lo que había, matando a espada a hombres y mujeres, jóvenes y viejos, y también los bueyes, las ovejas y los burros. Cuando caín pudo entrar en la ciudad, la prostituta rahab había desaparecido con toda la familia, avisada y puesta a resguardo como retribución por la ayuda que le había prestado al señor escondiendo en su casa a los dos espías que josué consiguió introducir en jericó. Enterado de esto, caín perdió todo el interés por la tal prostituta rahab. A pesar de su deplorable pasado, no podía soportar a la gente traicionera, las más despreciables personas del mundo, en su opinión. Los soldados de josué prendieron fuego a la ciudad y quemaron todo lo que había en ella, con excepción de la plata, el oro, el bronce y el hierro, que, como de costumbre, pasaron a engrosar el tesoro del señor. Fue entonces cuando josué lanzó la siguiente amenaza, Maldito sea quien intente reconstruir la ciudad de jericó, se le muera el hijo mayor a quien ponga los cimientos y el más joven a quien levante las puertas.

En aquella época las maldiciones eran obras maestras de la literatura, tanto por la fuerza de la intención como por la expresión formal en la que se condensaban, de no haber sido josué la crudelísima persona que fue, hoy hasta podríamos tomarlo como modelo estilístico, por lo menos en el importante capítulo retórico de los juramentos y maldiciones, tan poco frecuentado por la modernidad. Desde allí el ejército de los israelitas marchó sobre la ciudad de ai, que el dolorido nombre que le dieron no la pierda, donde, después de sufrir la humillación de una derrota, aprendió la lección de que con el señor dios no se juega. Ocurrió que un hombre llamado acán se había apoderado en jericó de unas cuantas cosas que estaban condenadas a la destrucción y, en consecuencia, el señor se irritó profundamente con los israelitas, Esto no se hace, gritó, aquel que se atreve a desobedecer mis órdenes a sí mismo se está condenando. Entretanto, josué, inducido por las informaciones erradas de los espías enviados, cometió el error de no valorar debidamente la fuerza del adversario y mandó a menos de tres mil hombres a la batalla, los cuales, atacados y perseguidos por los habitantes de la ciudad, se vieron obligados a huir. Como siempre ha sucedido, a la mínima derrota los judíos pierden la voluntad de luchar, y, aunque en la actualidad ya no se usen manifestaciones de desánimo como las practicadas en el tiempo de josué, cuando se rasgaban las ropas que llevaban vestidas y se postraban en el suelo con el rostro en tierra y las cabezas cubiertas de polvo, la llantera verbal es inevitable. Que el señor educó mal a esta gente desde el principio se ve por las imploraciones, por las quejas, por las preguntas de josué, Por qué nos hiciste atravesar el jordán, si fue para abandonarnos en manos de los amorreos y destruirnos, más nos hubiera valido habernos quedado al otro lado del río. La desproporcionada exageración era evidente, este mismo josué que suele dejar tras de sí un rastro de muchos millares de enemigos muertos después de cada batalla, pierde la cabeza cuando se le muere la insignificancia de treinta y seis soldados, que tantos fueron los que cayeron en la tentativa de asalto a ai. Y la exageración continuaba, Oh, señor, qué podré decir ahora, una vez que israel ha huido ante su enemigo, los cananeos y todos los habitantes del país van a tener conocimiento de esto, y después nos atacarán, y nos destruirán, y nadie más se acordará de nosotros, qué harás tú para defender nuestro prestigio, preguntó. Entonces el señor, esta vez sin la presencia corporal ni tampoco en columna de humo, parece que fue simplemente una voz tronando en el espacio, despertando los ecos en todo lo que eran montañas y valles, dijo, Los israelitas pecaron, no cumplieron el pacto de alianza que con ellos había hecho, se apoderaron de cosas que estaban destinadas a ser destruidas, las robaron, las escondieron y las metieron entre sus enseres. La voz sonó más fuerte, Por esto no pudisteis resistir a vuestros enemigos, porque también ellos fueron condenados a la destrucción, y yo no estaré más de vuestro lado mientras no destruyáis lo que, estando destinado a la destrucción, se encuentre en vuestro poder, levántate, pues, josué, vete y convoca al pueblo, y al hombre que habiendo sido apuntado le fueren encontradas cosas que estaban condenadas a la destrucción, mandarás quemar con todo lo que le pertenezca, familia y bienes. Al día siguiente, por la mañana temprano, josué dio orden de que el pueblo se presentase ante él, tribu por tribu. De pregunta en pregunta, de indagación en indagación, de denuncia en denuncia, acabó llegando hasta un hombre llamado acán, descendiente de carmí, de zabdi y de zera, de la tribu de judá. Entonces josué, con palabras suaves, melifluas, le dijo, Hijo mío, para mayor gloria de dios, cuéntame toda la verdad, aquí, delante del señor, dime lo que has hecho, no me escondas nada. Caín, que presenciaba la escena en medio de otros, pensó, Le van a perdonar con certeza, josué hablaría de otra manera si la idea fuese condenarlo. Mientras tanto, acán decía, Es verdad, he pecado contra el señor, rey de israel, Háblame, cuéntamelo todo, lo animó josué, Vi en medio de los despojos una bella capa de mesopotamia, también había casi dos kilos de plata y una barra de oro de cerca de medio kilo, y me gustaron tanto esas cosas que me quedé con ellas, Y dónde las tienes ahora, dímelo, preguntó josué, Las enterré, las escondí dentro de la tierra de mi tienda, con la plata debajo de todo. Obtenida esta confesión, josué mandó a algunos hombres a revisar la tienda y allí encontraron las tales cosas, estando la plata por debajo, tal y como acán había dicho. Las recogieron, se las llevaron a josué y a todos los israelitas, y las colocaron delante del señor, o, mejor dicho, delante del arca de la alianza que le hacía las veces. Josué tomó entonces a acán con la plata, el manto y la barra de oro, más los hijos e hijas, bueyes, jumentos y ovejas, la tienda y todo lo que él tenía, y los llevó hasta el valle de acor. Una vez allí, josué dijo, Ya que fuiste nuestra desgracia, pues por tu culpa murieron treinta y seis israelitas, que caiga ahora sobre ti la desgracia que el señor te envía. Entonces todas las personas lo apedrearon y a continuación le prendieron fuego, a él y a todo lo que él tenía. Pusieron después sobre acán un gran monte de piedras que todavía está allí, por tal razón, aquel lugar pasó a llamarse valle de acor, que significa desgracia. Así se calmó la ira de dios, pero antes de que el pueblo se dispersase todavía se oiría la estentórea voz clamando, Estáis avisados, quien la hace, la paga, yo soy el señor.

Para conquistar la ciudad josué alineó a treinta mil guerreros y los instruyó sobre la emboscada que deberían preparar, estrategia que esta vez acabaría dando resultado, primero un ardid para dividir las fuerzas que se encontraban en el interior de la ciudad, y luego un ataque en dos frentes, irresistible. Fueron doce mil, entre hombres y mujeres, los que murieron aquel día, o sea, toda la población de ai, pues de allí nadie consiguió escapar, no hubo un solo superviviente. Josué mandó ahorcar en un árbol al rey de ai y lo dejó allí colgado hasta la caída de la tarde. A la puesta de sol ordenó que retiraran el cadáver y lo arrojaran a las puertas de la ciudad. Lo colocaron sobre un gran monte de piedras que todavía sigue allí. Pese al tiempo transcurrido, tal vez se puedan encontrar unos cuantos chinarros dispersos, unos por aquí, otros por allá, que bien podrían servirnos para confirmar esta lamentable historia, recogida de antiquísimos documentos. Ante lo que acababa de pasar y recordando lo que había sucedido antes, la destrucción de sodoma y gomorra, el asalto a jericó, caín tomó una decisión y de ella fue a informar al albéitar, su jefe, Me voy, dijo, ya no soporto ver tantos muertos a mi alrededor, tanta sangre derramada, tanto llanto y tantos gritos, devuélveme mi burro, lo necesito para el camino, Haces mal, a partir de ahora las ciudades caerán una tras otra, será un paseo triunfal, en cuanto al burro, si me lo quisieras vender, me darías una gran satisfacción, Ni pensarlo, interrumpió caín, ya te he dicho que lo necesito, sólo con mis piernas no llegaría a ninguna parte, Puedo encontrarte otro sin que lo tengas que pagar, No, llegué aquí con mi burro y con mi burro me iré, dijo caín, y, metiendo la mano dentro de la túnica, sacó el puñal, quiero mi burro ahora mismo, en este instante, o te mato, Morirás también, Moriremos los dos, pero tú serás el primero, Espérame aquí, voy a buscarlo, dijo el albéitar, Ni pensarlo, no volverías solo, vamos ambos, tú y yo, pero recuerda, el puñal se clavará en tu costado antes de que puedas pronunciar una palabra contra mí. El albéitar tuvo miedo de que la furia de caín lo hiciese pasar de repente de la amenaza al hecho, sería una estupidez perder la vida por culpa de un jumento, por muy buena estampa que tuviera. Fueron por tanto los dos, aparejaron el burro, caín consiguió alguna comida de la que estaba siendo cocinada para el ejército y, cuando las aguaderas estuvieron bien abastecidas, ordenó al albéitar, Monta, será tu último paseo en mi burro. Sorprendido, el hombre no tuvo otro remedio que obedecer, de un salto caín montó también, y poco tiempo después estaban fuera del campamento. Adónde me llevas, preguntó el albéitar inquieto, Ya te lo he dicho, a dar un paseo, respondió caín. Fueron andando, andando, y cuando el bulto de las tiendas estaba a punto de perderse de vista, dijo, Desmonta. El albéitar obedeció, pero al ver que caín tocaba al burro para proseguir viaje, le preguntó, alarmado, Y yo, qué hago, Harás lo que quieras, pero si yo estuviese en tu lugar, regresaría al campamento, Desde esta distancia, preguntó el otro, No te perderás, guíate por esas columnas de humo que siguen subiendo desde la ciudad. Y así fue, con esta victoria, como terminó la carrera militar de caín. Se perdió las conquistas de las ciudades de maquedá, libná, laquis, eglón, hebrón y debir, donde una vez más todos los habitantes fueron masacrados, y, a juzgar por una leyenda que se va transmitiendo de generación en generación hasta los días de hoy, no presenció el mayor prodigio de todos los tiempos, aquel en que el señor hizo parar el sol para que josué pudiera vencer, todavía con la luz del día, la batalla contra los cinco reyes amorreos. Salvo los inevitables y ya monótonos muertos y heridos, quitando las habituales destrucciones y los consabidos incendios, la historia es bonita, demostrativa del poder de un dios para el que, por lo visto, nada era imposible. Mentira todo. Es cierto que josué, viendo que el sol declinaba y que las bajas sombras de la noche protegerían lo que aún quedaba del ejército amorreo, levantó los brazos al cielo, ya preparada la frase para la posteridad, pero en ese instante oyó una voz que le susurraba al oído, Silencio, no hables, no digas nada, reúnete conmigo a solas, sin testigos, en la tienda del arca de la alianza, porque tenemos que conversar. Obediente, josué entregó la dirección de las operaciones a su sustituto en la cadena jerárquica de mando y se dirigió rápidamente al lugar del encuentro. Se sentó en un taburete y dijo, Aquí estoy, señor, hazme saber tu voluntad, Supongo que la idea que te nació en la cabeza, dijo el señor que estaba en el arca, era pedirme que parase el sol, Así es, señor, para que ningún amorreo escape, No puedo hacer lo que me pides. Un súbito pasmo le hizo a josué abrir la boca, Que no puedes hacer que el sol se detenga, y la voz le temblaba porque creía estar profiriendo, él mismo, una horrible herejía, No puedo hacer parar el sol porque parado ya está, siempre lo ha estado, desde que lo dejé en aquel lugar, Tú eres el señor, tú no puedes equivocarte, pero no es eso lo que mis ojos ven, el sol nace en aquel lado, viaja todo el día por el cielo y desaparece en el lado opuesto, hasta regresar a la mañana siguiente, Algo se mueve realmente, pero no es el sol, es la tierra, La tierra está parada, señor, dijo josué con voz tensa, desesperada, No, hombre, tus ojos te engañan, la tierra se mueve, da vueltas sobre sí misma y va girando por el espacio alrededor del sol, Entonces, si es así, manda parar a la tierra, que sea el sol el que se pare o que se pare la tierra, a mí me es indiferente siempre que pueda liquidar a los amorreos, Si yo hiciese parar la tierra, no se acabarían sólo los amorreos, se acabaría el mundo, se acabaría la humanidad, se acabaría todo, todos los seres y cosas que aquí se encuentran, incluso muchos árboles, a pesar de las raíces que los prenden a la tierra, todo sería lanzado como una piedra cuando la sueltas de la honda, Pensaba que el funcionamiento de la máquina del mundo dependía nada más que de tu voluntad, señor, Ya la ejerzo demasiado, y otros en mi nombre, por eso hay tanto disgusto, gente que me ha dado la espalda, algunos que llegan hasta el punto de negar mi existencia, Castígalos, Están fuera de mi ley, fuera de mi alcance, no los puedo tocar, es que la vida de un dios no es tan fácil como creéis, un dios no es señor de ese permanente quiero, puedo y mando que se supone, no siempre se puede ir en línea recta hasta conseguir los fines, hay que dar rodeos, es verdad que puse una señal en la cabeza de caín, nunca lo has visto, no sabes quién es, pero lo que no se entiende es que no tenga poder suficiente para impedirle que vaya a donde su voluntad lo lleve y haga lo que entienda, Y nosotros, aquí, preguntó josué, con la idea siempre puesta en los amorreos, Harás lo que habías pensado, no te voy a robar la gloria de dirigirte directamente a dios, Y tú, señor, Yo limpiaré el cielo de las nubes que en este momento lo cubren, eso se puede hacer sin ninguna dificultad, pero la batalla tendrás que ganarla tú, Si tú nos das ánimo estará terminada antes de que el sol se ponga, Haré lo posible, ya que lo imposible no se puede. Tomando estas palabras como despedida, josué se levantó del taburete, pero el señor le dijo todavía, No le contarás a nadie lo que aquí ha sido tratado entre nosotros, la historia que se repetirá en el futuro tendrá que ser la nuestra y no otra, josué pidiéndole al señor que detenga el sol y él haciéndolo así, nada más, Mi boca no se abrirá salvo para confirmarla, señor, Vete y acaba con esos amorreos. Josué volvió al ejército, subió a una colina y levantó otra vez los brazos, Oh, señor, gritó, oh, dios del cielo, del mundo y de israel, te ruego que suspendas el movimiento del sol hacia el ocaso a fin de que tu voluntad pueda ser cumplida sin obstáculos, dame una hora más de luz, una hora sólo, no vaya a suceder que los amorreos se escondan como cobardes que son y tus soldados no logren encontrarlos en la oscuridad para ejecutar en ellos tu justicia, quitándoles la vida. En respuesta, la voz de dios tronó en el cielo ya liberado de nubes aterrorizando a los amorreos y exaltando a los israelitas, El sol no se moverá de donde está para ser testigo de la batalla de los israelitas por la tierra prometida, vence tú, josué, a esos cinco reyes amorreos que me desafían y canaán será el fruto maduro que en breve te caerá en las manos, adelante, pues, y que ningún amorreo sobreviva al filo de la espada de los israelitas. Hay quien dice que la súplica de josué al señor fue más simple, más directa, que se limitó a decir, Sol, detente sobre gabaón, y tú, oh, luna, detente sobre el valle de aialón, lo que muestra que josué admitía tener que combatir ya después de la puesta de sol y sin más que una pálida luna guiándole la punta de la espada y de la lanza hacia la garganta de los amorreos. La versión es interesante, pero en nada modifica lo esencial, es decir, que los amorreos fueron derrotados en todas sus líneas y que los créditos de la victoria fueron todos para el señor, que, habiendo detenido el sol, no necesitó esperar a la luna. A cada uno lo suyo, como es de justicia. He ahí lo que fue escrito en un libro llamado del justo, que actualmente nadie sabe dónde está. Durante casi un día entero el sol estuvo inmóvil, allí en medio del cielo, sin ninguna prisa por desaparecer en el horizonte, nunca, ni antes ni después, hubo un día como ése, en que el señor, porque combatía por israel, dio oídos a la voz de un hombre.

10

Caín no sabe dónde se encuentra, no consigue distinguir si el jumento lo está llevando por una de las tantas vías del pasado o por algún estrecho sendero del futuro, o si, simplemente, va marchando por otro presente cualquiera que todavía no le ha sido dado a conocer. Mira el suelo seco, los cardos espinosos, las escasas hierbas requemadas por el sol, pero suelo seco, cardos y hierbas calcinadas es lo que más abunda por estos inhóspitos parajes. Caminos a la vista, en absoluto, desde aquí se podría llegar a todas partes o a ningún lado, como destinos que se renuevan o que tal vez hayan decidido esperar mejor ocasión para manifestarse. El jumento pisa firme, parece que él sí sabe hacia dónde se dirige, como si siguiese un rastro, ese siempre confuso ir y venir de marcas de sandalias, cascos o pies descalzos que es necesario observar con atención no vaya a ser que vuelva atrás aquel que pretende avanzar, sin desvíos, directo hasta la estrella polar. Caín, que en el pasado, aparte de incipiente agricultor, fue pisador de barro, es ahora un diligente rastreador que, incluso cuando se muestra indeciso, intenta no perder las huellas de quienes por aquí pasaron antes, hubiesen o no encontrado un lugar donde detenerse y allí decirse a sí mismos, He llegado. Buenos ojos tendrá caín, no lo dudamos, pero no tan buenos que en este momento le permitan reconocer, entre las múltiples señales, las marcas de sus propios pies, la depresión causada por un talón o el arrastramiento provocado por una pierna cansada. Caín pasó por aquí, eso sí, es cierto. Lo descubrirá cuando de súbito se tope con lo que queda de la casa en ruinas donde tiempo atrás se resguardó de la lluvia y donde no podría abrigarse hoy porque lo que todavía quedaba de techo se derrumbó, ahora no se ven más que unos fragmentos de muros desmoronados que, con el paso de dos o tres inviernos más, definitivamente se confundirán con el suelo de donde se levantaron, tierra que vuelve a la tierra, polvo que vuelve al polvo. A partir de aquí el jumento sólo irá a donde lo quieran llevar, el tiempo de ser él el único guía en este viaje se ha acabado, o no, si lo dejasen suelto, imaginémoslo, tal vez el recuerdo del antiguo establo sea suficientemente poderoso para conducirlo hasta la ciudad de donde partió, cargando a este hombre sobre el lomo, hace no se sabe cuántos años. Es lógico que caín no se haya olvidado del camino de llegada al palacio. Así que entre, estará en su poder cambiar de rumbo, abandonar los otros presentes que lo esperan antes del hoy y después del hoy, y regresar a este pasado aunque sea por un día, o dos, tal vez más, pero no para todo lo que le falta por vivir, pues su destino aún está por cumplirse, como a su tiempo se sabrá. Caín tocó levemente con los talones las ijadas del jumento, más adelante está el camino que lo conducirá a la ciudad, sea cual sea el vino que le hayan servido en la copa, a su espera, es necesario beberlo. Vista de cerca, la ciudad no parece haber aumentado, son las mismas casas aplastadas bajo su propio peso, son los mismos adobes, sólo el palacio emerge sobre la masa parda de las viejas construcciones y, como era de prever, de acuerdo con las reglas de estas narrativas, el mismo viejo está a la entrada de la plaza, al volver la esquina, con las mismas ovejas atadas con la misma cuerda. Por dónde has andado, has vuelto para quedarte, le preguntó a caín, Y tú, todavía andas por aquí, todavía no te has muerto, ironizó caín, No moriré mientras estas ovejas vivan, debo de haber nacido para guardarlas, para impedir que se coman la cuerda que las ata, Otros nacieron con peor destino, Hablas de ti mismo, Tal vez te responda en otra ocasión, ahora tengo prisa, Hay alguien esperándote, No lo sé, Me quedaré aquí para ver si sales o te quedas en el palacio, Deséame suerte, Para desearte suerte tendría que saber primero qué es lo mejor para ti, Cosa que ni yo mismo sé, Sabes que lilith tiene un hijo, preguntó el viejo, Es lógico, estaba embarazada cuando partí, Pues es verdad, tiene un hijo, Adiós, Adiós. Sin necesidad de que se lo ordenasen, el jumento avanzó hacia la puerta de palacio y allí se detuvo. Caín desmontó de la albarda, entregó la rienda a un esclavo que había acudido y le preguntó, Hay alguien en palacio, Sí, está la señora, Ve a decirle que llegó un visitante, Abel, te llamas abel, murmuró el esclavo, me acuerdo bien de ti, Ve, entonces. El esclavo subió las escaleras y regresó poco después acompañado de un muchachito que debía de tener nueve o diez años, Es mi hijo, pensó caín. El esclavo le hizo señal de que lo siguiera. En lo alto de la escalera estaba lilith, tan bella, tan voluptuosa como antes, Supe que vendrías hoy, dijo, por eso me vestí así, para que te gustara verme, Quién es este niño, Su nombre es enoc y es tu hijo. Caín subió los pocos peldaños que lo separaban de lilith, tomó las manos que ella le tendía y, un instante después, la estrechaba en sus brazos. La oía suspirar, sintió que todo su cuerpo se estremecía, y cuando lilith dijo, Volviste, sólo pudo responder, Sí, he vuelto. A una señal, el esclavo se llevó al niño, los dejó a solas. Ven conmigo, dijo ella. Entraron en la antecámara y caín reparó en que todavía estaba allí el catre y el banco de portero que le fueron destinados diez años antes. Cómo has sabido que vendría hoy, si yo mismo me he encontrado en estos lugares sin darme cuenta, Nunca me preguntes cómo sé lo que digo saber porque no podría responderte, esta mañana, cuando me desperté, me dije en voz alta, Regresará hoy, lo dije para que tú lo oyeras, y así ha sido, estás aquí, pero no pienso preguntarte por cuánto tiempo, Acabo de llegar, no es el momento de hablar de partidas, Por qué has venido, Es una larga historia que no se puede contar de esta manera, entre dos puertas, Entonces ven y me la cuentas en la cama. Entraron en la habitación, donde nada parecía haber cambiado, como si la memoria de caín, durante la larga separación, no hubiera modificado los recuerdos, uno a uno, para no tener que sorprenderse ahora. Lilith comenzó a desnudarse, y el tiempo no parecía haber pasado por ella. Entonces caín preguntó, Y noah, Murió, dijo ella con naturalidad, sin que la voz le temblara y sin desviar la mirada, Lo mataste, preguntó caín, No, respondió lilith, te prometí que no lo mataría, murió de muerte natural, Mejor así, dijo caín, La ciudad también se llama enoc, recordó lilith, Como mi hijo, Sí, Quién le dio ese nombre, A quién, A la ciudad, El nombre lo puso noah, Y por qué le dio a la ciudad el nombre de un hijo que no era suyo, Nunca me lo dijo y yo nunca se lo pregunté, respondió lilith ya acostada, Y noah, cuándo murió, preguntó caín, Hace tres años, Quiere eso decir que durante siete años, para todo el mundo, él fue el padre de enoc, Hacía como que no se daba cuenta, todos aquí sabían que tú eras el padre, aunque es cierto que, con el tiempo, sólo las personas de más edad lo recordaban, en cualquier caso, noah no lo habría tratado mejor si hubiera sido hijo suyo, No parece el hombre que yo conocí, es como si fuera dos personas, Nadie es una sola persona, tú, caín, eres también abel, Y tú, Yo soy todas las mujeres, todos sus nombres son mis nombres, dijo lilith, y ahora ven, ven deprisa, ven a darme noticia de tu cuerpo, En diez años no he conocido a otra mujer, dijo caín mientras se acostaba, Ni yo a otro hombre, dijo lilith sonriendo con malicia, Es verdad lo que dices, No, pasaron por esta cama algunos, no muchos, porque no los podía soportar, me daban ganas de rebanarles el cuello cuando descargaban, Te agradezco la franqueza, A ti nunca te mentiría, dijo lilith y se abrazó a él.

Tranquilizados los espíritus, compensados de la larga separación los cuerpos con altísimos intereses, llegó el momento de poner el pasado al día. Lilith le hizo antes la pregunta, Por qué has venido, pero él declaró que no sabía cómo había llegado, por eso ella luego modificó el interrogante, Qué has hecho todos estos años, fue la cuestión a la que caín respondió, He visto cosas que todavía no han sucedido, Quieres decir que has adivinado el futuro, No lo he adivinado, he estado allí, Nadie puede estar en el futuro, Entonces no lo llamemos futuro, llamémoslo otro presente, otros presentes, No comprendo, A mí también me costó entenderlo al principio, pero después vi que, si estaba allí, y realmente lo estaba, me encontraba en otro presente, lo que había sido futuro dejaba de serlo, el mañana era ahora, Nadie va a creerte, No pienso decírselo a nadie más, Tu problema es que no traes contigo ninguna prueba, un objeto cualquiera, de ese otro presente, No fue uno, fueron varios, Dame un ejemplo. Entonces caín le contó a lilith el caso de un hombre llamado abraham al que el señor le ordenó que le sacrificara a su propio hijo, después el de una gran torre con la que los hombres querían llegar al cielo y que el señor derribó de un soplo, luego el de una ciudad en la que los hombres preferían acostarse con otros hombres y el castigo de fuego y azufre que el señor hizo caer sobre ellos, sin salvar a los niños, que todavía no sabían qué iban a querer en el futuro, a continuación el de una enorme reunión de personas en la falda de una montaña a la que llamaban sinaí y la fabricación de un becerro de oro que adoraron, a causa de lo cual murieron muchos, el de la ciudad de madián, que se atrevió a matar a treinta y seis soldados de un ejército denominado israelita y cuya población fue por ello exterminada hasta el último niño, el de otra ciudad llamada jericó, cuyas murallas se derrumbaron con el sonido de las trompetas hechas de cuernos de carneros y después fue destruido todo lo que había dentro, incluidos, además de los hombres y las mujeres, jóvenes y viejos, los bueyes, las ovejas y los burros. Esto es lo que he visto, remató caín, y mucho más para lo que no me llegan las palabras, Crees realmente que lo que me acabas de contar sucederá en el futuro, preguntó lilith, Al contrario de lo que suele decirse, el futuro ya está escrito, aunque nosotros no sepamos cómo leer la página, dijo caín mientras se preguntaba de dónde habría

141

sacado la revolucionaria idea, Y qué piensas del hecho de haber sido elegido para vivir esa experiencia, No sé si fui elegido, pero algo sé, algo sí he aprendido, Qué, Que nuestro dios, el creador del cielo y de la tierra, está rematadamente loco, Cómo te atreves a decir que el señor dios está loco, Porque sólo un loco sin conciencia de sus actos admitiría ser el culpable directo de la muerte de cientos de miles de personas y se comportaría luego como si nada hubiese sucedido, salvo que, y pudiera ser, no se tratara de locura, la involuntaria, la auténtica, sino de pura y simple maldad, Dios nunca podría ser malo, o no sería dios, para malo ya tenemos al demonio, No puede ser bueno un dios que le da a un padre la orden de que mate y queme en una hoguera a su propio hijo simplemente para poner a prueba su fe, eso no se le ocurriría ni al más maligno de los demonios, No te reconozco, no eres el mismo hombre que dormía antes en esta cama, dijo lilith, Ni tú serías la misma mujer si hubieras visto lo que yo he visto, los niños de sodoma carbonizados por el fuego del cielo, Qué sodoma era ésa, preguntó lilith, La ciudad donde los hombres preferían a los hombres en vez de a las mujeres, Y murieron todos sus habitantes por eso, Todos, no escapó ni un alma, no hubo supervivientes, Hasta las mujeres que esos hombres despreciaban, volvió a preguntar lilith, Sí, Como siempre, a las mujeres, si por un lado les llueve, por otro les viene el viento, En cualquier caso, los inocentes ya están acos-

142

tumbrados a pagar por los pecadores, Qué extraña idea de lo justo parece tener el señor, La idea de quien no tiene la menor noción de lo que podría ser una justicia humana, Y tú, la tienes, preguntó lilith, Yo no soy nada más que caín, el que mató a su hermano y por ese crimen fue juzgado, Con bastante benignidad, dígase de paso, observó lilith, Tienes razón, sería el último en negarlo, pero la responsabilidad principal la tuvo dios, ese al que llamamos señor, No estarías aquí si no hubieras matado a abel, pensemos con egoísmo que una cosa ha traído otra, He vivido lo que tenía que vivir, matar a mi hermano y dormir contigo en la misma cama son efectos de la misma causa, Cuál, Que estamos todos en manos de dios, o del destino, que es su otro nombre, Y ahora, cuáles son tus intenciones, preguntó lilith, Depende, Depende de qué, Si alguna vez llego a ser dueño de mi propia persona, si se acaba este pasar de un tiempo a otro sin que medie mi voluntad, haré lo que suele decirse una vida normal, como los demás, No como todo el mundo, te casarás conmigo, ya tenemos a nuestro hijo, ésta es nuestra ciudad, y yo te seré fiel como la cáscara del árbol al tronco al que pertenece, Pero si no fuese así, si esta fatalidad prosigue, entonces, en cualquier lugar en que me encuentre, estaré sujeto a cambiar de un tiempo a otro, nunca estaremos seguros, ni tú ni yo, del día de mañana, además, Además, qué, preguntó lilith, Siento que lo que me sucede debe tener un significado, un sentido cualquiera, siento que no debo detenerme a mitad de camino sin saber de qué se trata, Eso significa que no te quedarás, que te marcharás un día de éstos, dijo lilith, Sí, creo que así será, si nací para vivir algo diferente, tengo que saber qué y para qué, Disfrutemos entonces del tiempo que nos quede, ven a mí, dijo lilith. Se abrazaron y se besaron, sin soltarse rodaron por la cama de un lado a otro, y cuando caín se encontraba sobre lilith y se preparaba para penetrarla, ella dijo, La marca de tu frente está más grande, Mucho más grande, preguntó caín, No mucho, A veces pienso que va a ir creciendo, creciendo, creciendo, extendiéndose por todo el cuerpo, y me convertirá en negro, Lo único que me faltaba, dijo lilith soltando una carcajada, a la que inmediatamente siguió un gemido de placer cuando él, en un solo impulso, la clavó hasta el fondo.

Sólo dos semanas después caín desapareció. Había adquirido la costumbre de dar largos paseos a pie por los alrededores de la ciudad, no porque tuviera necesidad, como la otra vez, de sol o de aire libre, bienes naturales que efectivamente no le faltaron en los últimos diez años, sino para escapar del ambiente pesado del palacio, donde, aparte de las horas que pasaba en la cama con lilith, no tenía nada más que hacer, a no ser, sin resultados que merezca la pena mencionar, intercambiar unas cuantas frases con el desconocido que, para él, era enoc, su hijo.

11

De súbito, se vio entrando por la puerta de una ciudad en la que nunca había estado. Inmediatamente pensó que no llevaba encima ni un céntimo y tampoco veía ningún modo rápido de conseguirlo, pues allí no conocía a nadie. Si hubiese salido a pasear llevándose el burro, el problema económico estaría resuelto, ya que un animal como el suyo valía su peso en oro, como cualquier comprador admitiría. Les preguntó a dos hombres que pasaban cuál era el nombre de la ciudad, y uno de ellos respondió, A esto de aquí se le llama tierra de uz. El tono natural, sin muestra de impaciencia, animó a caín a lanzar otra pregunta, Y dónde puedo encontrar trabajo, añadiendo, como si necesitara justificarse, Es que acabo de llegar, no conozco a nadie. Los hombres lo miraron de arriba abajo, no le encontraron pinta de mendigo o de vagabundo, sólo se detuvieron un instante mirándole la señal de la frente, y el segundo dijo, El propietario más rico de estos lugares y de todo oriente se llama job, ve a pedirle que te dé trabajo, tal vez tengas suerte, Y dónde lo podré encontrar, preguntó caín, Ven con nosotros, te llevaremos hasta allí, él tiene tantos servidores que uno más o menos no lo notará, Tan rico es, Es inmensamente rico, imagínate lo que es ser dueño de siete mil ovejas, tres mil camellos, quinientas yuntas de bueyes y quinientas burras, Los pobres tienen mucha imaginación, dijo caín, incluso podría decirse que no tienen otra cosa, pero confieso que a tanto no llego. Se hizo un silencio y después uno de los hombres dijo, como por casualidad, Nosotros ya nos conocemos, También yo tengo esa vaga idea, dijo caín, con cierto reparo, Te llamas caín y estabas en sodoma cuando la ciudad fue destruida, tenemos buena memoria, Sí, es verdad, ahora me acuerdo, Ya sabes, mi colega y yo somos ángeles del señor, Y quién soy yo para que dos ángeles del señor hayan querido acudirme en esta dificultad, Fuiste bueno con abraham, nos ayudaste para que no nos sucediera nada malo en casa de lot y eso merece una recompensa, No sé cómo agradecerlo, Somos ángeles, si nosotros no hacemos el bien, quién lo hará, preguntó uno de ellos. Para armarse de valor caín respiró hondo tres veces antes de hablar, Si vuestro encargo en sodoma era destruir la ciudad, cuál es la misión que os trae aquí ahora, No podemos revelársela a nadie, avisó uno, Bueno, no es secreto, dijo el otro, y para todos dejará de serlo en cuanto las cosas sucedan, además, este que está con nosotros ya ha demostrado ser de confianza, Asumes la responsabilidad de la confidencia, imagínate que decide salir corriendo a contárselo a job, Lo más probable es que no lo creyera, Bien, haz lo que quieras, en esto me lavo las manos. Caín se detuvo y dijo, No merece la pena que discutáis por mi causa, contádmelo si queréis, si no queréis no me contéis nada, yo ni obligo ni pido. Ante tanto desprendimiento hasta el ángel reticente se rindió, Cuéntaselo, le dijo al otro, y luego, dirigiéndole a caín una mirada severa, le ordenó, Y tú, jura que no le dirás a nadie lo que vas a oír, Lo juro, dijo caín, levantando la mano derecha. Entonces el otro ángel comenzó, Hace unos días, como sucede de vez en cuando, se reunieron los seres celestes ante el señor y también estaba presente satán, y dios le preguntó, De dónde vienes ahora, y satán respondió, He estado dando una vuelta por la tierra, y el señor le hizo otra pregunta, Te fijaste en mi siervo job, no hay otro como él en el mundo, es un hombre bueno y honesto, muy religioso, y no hace nada mal. Satán, que oía con una sonrisa irónica, desdeñosa, le preguntó a dios, Crees que sus sentimientos son desinteresados, no es verdad que, como si lo cercaras con una muralla, tú lo proteges de todo mal, a él, a su familia y a todo lo que le pertenece. Hizo una pausa y continuó, Pero prueba a levantar una mano contra lo que es suyo y verás si él no te maldice. Entonces el señor le dijo a satán, Todo lo que le pertenece está a tu disposición, pero a él no lo puedes tocar. Satán lo oyó y se fue, y nosotros aquí estamos, Para qué, preguntó caín, Para que satán no se exceda, para que no vaya más allá de los límites que el señor le marcó. Entonces caín dijo, Si he entendido bien, el señor y satán han hecho una apuesta, pero job no puede saber que ha sido objeto de un juego entre dios y el diablo, Exactamente, exclamaron los ángeles a coro, A mí no me parece muy limpio por parte del señor, dijo caín, si lo que he oído es verdad, job, pese a ser rico, es un hombre bueno, honesto, y para colmo muy religioso, no ha cometido ningún crimen, pero va a ser castigado sin motivo alguno con la pérdida de sus bienes, tal vez, como tanta gente dice, el señor es justo, pero a mí no me lo parece, esto me hace recordar lo que le sucedió a abraham, al que dios, para ponerlo a prueba, ordenó que matara a su hijo isaac, en mi opinión, si el señor no se fía de las personas que creen en él, no veo por qué esas personas tienen que fiarse del señor, Los designios de dios son inescrutables, ni nosotros, ángeles, podemos penetrar en su pensamiento, Estoy cansado de esa cháchara de que los designios del señor con inescrutables, respondió caín, dios debería ser transparente y límpido como cristal en lugar de este continuo pavor, de este continuo miedo, en fin, dios no nos ama, Él fue quien te dio la vida, La vida me la dieron mi padre y mi madre, juntaron carne con carne y yo nací, no consta que dios estuviese presente en el acto, Dios está en todas partes, Sobre todo cuando manda matar, un solo niño de los que murieron abrasados en sodoma bastaría para condenarlo sin remisión, pero la justicia, para dios, es un palabra vana, ahora hará sufrir a job por una apuesta y nadie le pedirá cuentas, Cuidado, caín, hablas demasiado, el señor está oyéndote y tarde o temprano te castigará, El señor no oye, el señor es sordo, por todas partes se le alzan súplicas, son los pobres, los infelices, los desgraciados, todos implorándole el remedio que el mundo les niega, y el señor les da la espalda, comenzó haciendo una alianza con los hebreos y ahora hace un pacto con el diablo, para esto no merece la pena que haya dios. Los ángeles protestaron indignados, amenazaron con dejarlo allí, sin empleo, con lo que el debate teológico terminó y las paces fueron más o menos restablecidas. Uno de los ángeles llegó incluso a decir, Creo que el señor apreciaría discutir contigo sobre estos asuntos, Tal vez algún día, respondió caín. Estaban ante la puerta de la gran casa de job, uno de los ángeles solicitó hablar con el intendente, que no vino en persona, pero mandó a un representante para saber qué pretendían, Trabajo, dijo el ángel, no para nosotros, que somos de otros lugares, sino para este amigo nuestro que acaba de llegar y quiere fundar una nueva vida en la tierra de uz, Tú qué sabes hacer, preguntó el delegado del intendente, Entiendo un poco de burros, he sido ayudante de albéitar en el ejército de josué, Muy bien, es una buena recomendación, voy a mandar a un esclavo para que te acompañe y te incorporarás ahora mismo, sólo necesito que me digas tu nombre, Soy caín, Y de dónde vienes, De las tierras de nod, Nunca las he oído nombrar, No eres el primero que no lo sabe, quien dice tierras de nod, dice tierras de nada. Entonces uno de los ángeles le dijo a caín, Estás en buenas manos, ya tienes trabajo, Mientras dure, respondió caín con una sonrisa apagada, No te pongas en lo peor, intervino el delegado del intendente, quien tiene la suerte de entrar un día en esta casa encuentra trabajo para toda la vida, no hay un hombre mejor que job. Los ángeles se despidieron de caín con un abrazo y regresaron a su tarea de fiscales del cumplimiento de las órdenes del señor, quién sabe si todo esto, al final, no acabará teniendo un desenlace mejor que aquel que parece prometido.

Desgraciadamente, fue peor que todo lo que podría imaginarse. Pertrechado con la carta de plenos poderes que le había sido concedida, satán atacó al mismo tiempo en todos los frentes. Un día en que los hijos e hijas de job, siete ellos, tres ellas, estaban a la mesa bebiendo vino en casa del hermano mayor, un mensajero, precisamente nuestro conocido caín, que, como sabemos, trabajaba con los asnos, llegó a casa de job y le dijo, Los bueyes labraban y las jumentas pastaban cerca cuando, de repente, aparecieron los sabeos y lo robaron todo y pasaron a cuchillo a los criados, sólo escapé yo para traerte la noticia. Todavía estaba hablando caín cuando llegó otro mensajero y dijo, El fuego de dios cayó del cielo, quemó y redujo a cenizas a las ovejas y a los esclavos, sólo escapé yo para traerte la noticia. Éste aún no se había callado y llegó otro, Los caldeos, dijo, divididos en tres cuadrillas, se lanzaron sobre los camellos y se los llevaron después de haber pasado a los criados por el filo de la espada, sólo he escapado yo para traerte la noticia. Seguía éste hablando cuando he aquí que entró otro y dijo, Tus hijos y tus hijas estaban comiendo y bebiendo vino en casa del hermano mayor cuando de repente un huracán se levantó del otro lado del desierto y sacudió los cuatro pilares de la casa, que se derrumbó sobre ellos y los mató a todos, sólo conseguí escapar yo para traerte la noticia. Entonces job se levantó, se rasgó el manto y se afeitó la cabeza, hecho lo cual, postrado en tierra, dijo, Desnudo salí del vientre de mi madre y desnudo he de volver al seno de la tierra, el señor me lo dio, el señor me lo quitó, bendito sea el nombre del señor. El desastre de esta infeliz familia no se va a quedar aquí, pero, antes de proseguir, permítasenos unas cuantas observaciones. La primera, para manifestar extrañeza ante el hecho de que satán pueda disponer a su antojo, y para servicio de sus intereses particulares, de los sabeos y de los caldeos, la segunda, para expresar una extrañeza todavía mayor ante el hecho de que satán haya sido autorizado a usar un fenómeno natural, como es el caso del huracán, y, lo que todavía es peor, y además inexplicable, a utilizar el propio fuego de dios para quemar las ovejas y a los esclavos que las guardaban.

Por tanto, o satán puede mucho más de lo que pensábamos, o estamos ante una gravísima situación de complicidad tácita, por lo menos tácita, entre el lado maligno y el lado benigno del mundo. El luto cayó como una losa funeraria sobre las tierras de uz, pues los muertos habían nacido todos en la ciudad, ahora condenada, no sabemos hasta cuándo, a una miseria general en la que el menos pobre no era ciertamente job. Pocos días después de estos infaustos acontecimientos se celebró en el cielo una nueva asamblea de seres celestes y satán estaba otra vez entre ellos. Entonces el señor le dijo, De dónde vienes tú, y satán respondió, Vengo de dar otra vuelta por el mundo y recorrerlo todo, Reparaste en mi siervo job, preguntó el señor, no hay nadie como él en la tierra, hombre íntegro, recto, temeroso de dios y apartado del mal, y que persevera siempre en su virtud, pese a que me incitaste contra él para que yo lo atribulase sin que lo mereciera, y satán respondió, Lo hice con tu acuerdo, si job lo merecía o no lo merecía no era asunto mío, ni la idea de atormentarlo fue mía, y prosiguió, Un hombre es capaz de dar todo lo que tiene y hasta su propia piel para salvar la vida, pero prueba a levantar tu mano contra él, haz que sufra enfermedades en sus huesos y en su cuerpo y verás si él no te maldice cara a cara. Dijo el señor, Ahí lo tienes a tu disposición, pero con la condición de que no le quites la vida, Eso me basta, respondió satán, y se fue de allí hasta donde estaba job, al que, en menos

tiempo de lo que se tarda en contarlo, cubrió de ho-
rribles llagas desde la planta de los pies hasta la cabeza. Había que ver al infeliz sentado en el polvo del
camino mientras se iba raspando el pus de las piernas
con un cascote de teja, como el último de los últimos.
La mujer de job, de la que hasta ahora no habíamos oído
una sola palabra, ni siquiera para llorar la muerte de
sus diez hijos, pensó que ya era hora de desahogarse y
le preguntó al marido, Todavía te mantienes firme en
tu rectitud, yo, en tu caso, si estuviera en tu lugar, mal-
deciría a dios aunque por ahí me llegara la muerte, a lo
que job respondió, Estás hablando como una ignoran-
te, si recibimos el bien de manos de dios, por qué no
recibiríamos también el mal, ésta fue la pregunta, pero
la mujer respondió airada, Para el mal ya está satán,
que el señor aparezca ahora como su competidor es
algo que nunca se me había pasado por la cabeza, No
puede haber sido dios el que me ha puesto en este
estado, sino satán, Con el acuerdo del señor, dijo ella,
y añadió, Siempre he oído decir a los antiguos que las
mañas del diablo nada pueden contra la voluntad de
dios, pero ahora dudo de que las cosas sean tan simples,
lo más seguro es que satán no sea nada más que un
instrumento del señor, el encargado de llevar a cabo
los trabajos sucios que dios no puede firmar con su
nombre. Entonces job, en el culmen del sufrimiento,
tal vez, sin confesarlo, animado por la mujer, rompió
el dique del temor de dios que le sellaba los labios

y exclamó, Perezca el día en que nací y la noche en que fue dicho, Ha sido concebido un varón, conviértase ese día en tinieblas, que dios desde lo alto no le preste atención ni la luz resplandezca sobre él, que de él se apoderen las tinieblas y la oscuridad, que las nubes lo envuelvan y los eclipses lo aterren, que no se mencione ese día entre los días del año, ni se cuente entre los meses, que sea estéril tal noche y no se haga oír en ella ningún grito de alegría, oscurézcanse las estrellas de su crepúsculo, en vano se espere la luz y no se abran los párpados de la aurora por no haberme cerrado la salida del vientre de mi madre, impidiendo que llegara a ver tanta miseria, y así se fue quejando job de su suerte, páginas y páginas de imprecaciones y lamentos, mientras tres amigos suyos, elifaz de temán, bildad de súaj y sofar de naamat, le iban haciendo discursos sobre la resignación en general y el deber de todo creyente de acatar con la cabeza baja la voluntad del señor, sea ella la que sea. Caín había conseguido un trabajo, poca cosa, cuidador de los burros de un pequeño propietario al que tuvo que repetir mil veces, a él y a sus parientes, cómo fue el ataque de los sabeos y el robo de las burras. Suponía que los ángeles todavía estarían por allí recogiendo informaciones de la desgracia de job para llevárselas al señor, que estaría impaciente, pero, contra sus expectativas, fueron ellos quienes se le aparecieron para felicitarlo por haber escapado de la crueldad de los nómadas sabeos, Un milagro, dijeron. Caín lo agradeció como era su deber, pero el privilegio no podía hacerle olvidar los agravios de dios, que iban en aumento, Supongo que el señor estará contento, les dijo a los ángeles, ha ganado la apuesta contra satán porque, a pesar de todo lo que está sufriendo, job no ha renegado de él, Todos sabíamos que no lo haría, También el señor, imagino, El señor el primero de todos, Quiere decir eso que él apostó porque tenía la certeza de que iba a ganar, En cierto modo, sí, Por tanto, todo está como estaba, en este momento no sabe más de job de lo que sabía ya antes, Así es, Entonces, si es así, explicadme por qué job está cubierto de lepra, cubierto de llagas purulentas, sin hijos, arruinado, El señor encontrará la manera de compensarlo, Resucitará a sus diez hijos, levantará las paredes, hará regresar a los animales que no mataron, preguntó caín, Eso no lo sabemos, Y qué le hará el señor a satán, que tan mal uso, por lo visto, parece haber hecho de la autorización que le fue dada, Probablemente nada, Cómo nada, preguntó caín en tono escandalizado, incluso aunque los esclavos no cuenten para las estadísticas, hay mucha más gente muerta, y oigo que probablemente el señor no va a hacer nada, En el cielo las cosas siempre han sido así, no es culpa nuestra, Sí, cuando en una asamblea de seres celestes está presente satán hay algo que el simple mortal no entiende. La conversación se quedó en ese punto, los ángeles se fueron y caín comenzó a pensar que tendría que encontrar un camino más respetable para su vida, No me voy a quedar aquí el resto del tiempo cuidando burros, pensó. El propósito era digno de consideración y alabanza, pero las alternativas eran nulas, salvo si regresaba a las tierras de nod y ocupaba su lugar en el palacio y en la cama de lilith. Engordaría, le haría dos o tres hijos más, o también, ahora se le ocurría la idea, podría ir a ver cómo estaban sus padres, si seguían vivos, si estaban bien. Se disfrazaría para que no lo reconociesen, pero esa alegría nadie se la podría quitar, Alegría, se preguntó a sí mismo, para caín nunca habrá alegría, caín es el que mató a su hermano, caín es el que nació para ver lo inenarrable, caín es el que odia a dios.

Le faltaba un burro que lo llevase. En un primer momento todavía pensó en dejarse de burros e ir a pie, pero, si el paso de un presente a otro tardaba, no le quedaría otro remedio que andar errante por esos desiertos guiándose por las estrellas cuando fuera noche y esperando que volvieran a aparecer cuando fuese día. Además, no tendría con quién hablar. Al contrario de lo que generalmente se piensa, el burro es un gran conversador, basta reparar en las diversas maneras que tiene de roznar y de rebuznar y en la variedad de movimientos de las orejas, no todas las personas que montan burros conocen su lenguaje, de ahí que se repitan situaciones aparentemente inexplicables como la de clavarse el animal en medio del camino, inmóvil, y no salir de ahí ni aunque lo muelan a palos.

Se dice entonces que el asno es tan cabezota como un burro, cuando al fin y al cabo de lo que se trata es de un problema de comunicación, como tantas veces sucede entre los humanos. La idea de ir a pie no duró mucho en la cabeza de caín. Necesitaba un burro, aunque tuviese que robarlo, pero nosotros, que lo vamos conociendo cada vez mejor, sabemos que no lo hará. Aunque asesino, caín es un hombre intrínsecamente honesto, los disolutos días vividos en contubernio con lilith, censurables desde el punto de vista de los prejuicios burgueses, no fueron suficientes para pervertir un innato sentido moral de la existencia, véase la valiente confrontación que viene manteniendo con dios, aunque, es obligatorio decirlo, de tal cosa el señor no se haya percatado aún, salvo si se recuerda la discusión que ambos mantuvieron ante el cadáver todavía caliente de abel. En este ir y venir de pensamientos se le ocurrió a caín la salvadora idea de comprar uno de los burros que estaban a su cuidado, recibiendo en dinero contante sólo la mitad del sueldo y dejando la otra mitad en manos del propietario como pago anticipado. Un inconveniente iba a ser la lentitud del proceso de liquidación, pero caín no tiene prisas, no hay en el mundo nadie que lo espere, ni siquiera lilith, por más vueltas que su cuerpo, nervioso e impaciente, dé en la cama. El dueño de los burros, que no era mala persona, hizo las cuentas a su manera, de forma que beneficie los intereses de caín, al que tal cosa ni se le pasa por la cabeza, sobre todo porque las matemáticas nunca se le dieron bien. No fueron necesarias muchas semanas para que caín se viese, por fin, investido con la posesión de su jumento. Podría partir cuando quisiera. En la víspera de la salida decidió ir a ver cómo estaba su antiguo patrón, si ya se le habían curado las llagas, pero tuvo que verlo sentado en el suelo, ante la puerta de casa, raspándose las heridas de las piernas con un cascote de teja, tal como el día en que la maldición le cayó encima, que maldición, y de las peores, fue que dios lo abandonara en manos de satán. A gran nave, gran tormenta, dice el pueblo, y la historia de job lo viene demostrando hasta la saciedad. Discreto, como le conviene a un forajido, caín no se aproximó para desearle mejoría en su salud, en resumidas cuentas este patrón y este empleado ni habían llegado a conocerse, es lo malo que tiene la división de clases, cada uno en su lugar, a ser posible donde nació, así no habrá ninguna manera de que hagan amistad oriundos de diversos mundos. Montado sobre el burro que ya le pertenecía por derecho, caín volvió a su lugar de trabajo para preparar el equipaje. En comparación con el jumento que se quedó en los establos del palacio de lilith, aquella magnífica estampa de burro que hizo despertar la codicia del albéitar en jericó, la nueva montura es más una especie de rocinante jubilado que un ejemplar para desfiles. Sin embargo, incluso el menos exigente de los juicios independientes tendrá que reconocer que es sólido de patas, aunque las tenga delgadas y algo desgarbadas. En conjunto, como está pensando el antiguo dueño, que ha venido a despedirse a la puerta, caín no irá mal servido cuando al día siguiente, por la mañana temprano, se ponga en camino.

12

No tuvo que andar mucho para dejar el triste presente de las tierras de uz y verse rodeado de verdeantes montañas, de lujuriosos valles por donde corrían riachuelos de la más pura y cristalina agua que ojos humanos hubieran visto y boca saboreado alguna vez. Esto, sí, podría haber sido el jardín del edén de nostálgica memoria, ahora que tantos años han pasado y los malos recuerdos, con la ayuda del tiempo, más o menos se han diluido. Y, sin embargo, se percibía en el deslumbrante paisaje algo postizo, artificial, como si se tratase de un escenario preparado adrede para un fin de imposible interpretación si se viene cabalgando sobre un vulgar jumento y sin guía michelín. Caín bordeó una peña que le venía ocultando desde hacía un buen trecho el panorama y se encontró a la entrada de un valle con menos árboles, pero no menos atractivo que los anteriormente vistos, donde se exhibía una construcción de madera que, por el aspecto de sus componentes y por el color de sus materiales, se asemejaba mucho a un barco o, para ser más exactos, a una gran arca cuya presencia allí era altamente intrigante, porque los barcos, si barco era, se construyen, por principio, a la orilla del agua, y un arca, y mucho más de ese tamaño, no es cosa para tener en un valle, a la espera de no se sabe qué. Curioso, caín decidió ir a la fuente primera, en este caso a las personas que, tanto si era para su propio uso como si era encargo de terceros, estaban construyendo el enigmático barco o la no menos enigmática arca. Encaminó el burro hacia el astillero, allí saludó a los presentes e intentó iniciar una conversación, Bonito sitio éste, dijo, pero la respuesta, aparte de tardar, fue dada de la manera más sintética posible, un sí meramente confirmativo, indiferente, sin interés, sin compromiso. Caín continuó, Quien por aquí viaja, como es mi caso, espera encontrar de todo menos una construcción de la grandeza de ésta, pero la insinuación, intencionadamente lisonjera, cayó en saco roto. Se veía que las ocho personas que trabajaban en la obra, cuatro hombres y cuatro mujeres, no estaban dispuestas a confraternizar con el intruso y no hacían nada por disimular el muro de hostilidad con que se defendían de sus intromisiones. Caín decidió dejarse de rodeos y atacó, Y lo que están haciendo qué es, un barco, un arca, una casa, preguntó. El mayor del grupo, un hombre alto, robusto como sansón, se limitó a decir, Casa no es, Y arca tampoco, cortó caín, porque no hay un arca sin tapa, y la tapa de ésta, si existiese, no habría fuerza humana que la consiguiera levantar. El hombre no respondió e hizo intención de retirarse, pero caín lo retuvo en el último instante, Si no es casa ni arca, entonces sólo puede ser un barco, No respondas, noé, dijo la mayor de las mujeres, el señor se enfadará contigo si hablas más de la cuenta. El hombre asintió con un movimiento de cabeza y le dijo a caín, Tenemos mucho que hacer y tu conversación nos distrae del trabajo, te pido que nos dejes y sigas tu camino, y remató en un tono levemente amenazador, Como puedes ver con tus propios ojos, somos aquí cuatro hombres fuertes, mis hijos y yo, Muy bien, respondió caín, veo que las antiguas reglas de hospitalidad mesopotámica, desde siempre respetadas en nuestras tierras, han perdido todo valor para la familia de noé. En ese exacto momento, en medio de un trueno ensordecedor y de los correspondientes relámpagos pirotécnicos, el señor se manifestó. Venía en ropa de trabajo, sin las lujosas vestimentas con las que reducía a obediencia inmediata a quienes pretendía impresionar sin tener que recurrir a la dialéctica divina. La familia de noé y el propio patriarca se postraron acto seguido en el suelo cubierto de tablas de madera, mientras el señor miraba sorprendido a caín y le preguntaba, Qué haces por aquí, no te veía desde el día en que mataste a tu hermano, Te equivocas, señor, nos hemos visto, aunque no me hayas reconocido, en casa de abraham, en las encinas de mambré, cuando ibas a destruir sodoma, Ése fue un buen trabajo, limpio y eficaz, sobre todo definitivo, No hay nada definitivo

en el mundo que has creado, job creía estar a salvo de
todas las desgracias, pero tu apuesta con satán lo ha
reducido a la miseria y su cuerpo es una pura llaga, así
lo vi al salir de las tierras de uz, Ya no, caín, ya no, su
piel ha sanado completamente y los rebaños que tenía
se duplicaron, ahora tiene catorce mil ovejas, seis mil
camellos, mil yuntas de bueyes y mil burras, Y cómo
los ha conseguido, Se doblegó ante mi autoridad, re-
conoció que mi poder es absoluto, ilimitado, que no
tengo que dar cuentas a nadie, salvo a mí mismo, ni
necesidad de detenerme en consideraciones de orden
personal y que, esto te lo digo ahora, estoy dotado de
una conciencia tan flexible que siempre está de acuerdo con lo que quiero hacer, Y los hijos que job tenía y
murieron bajo los escombros de su casa, Un pormenor
al que no he de darle demasiada importancia, tendrá
otros diez hijos, siete varones y tres hembras como
antes, para sustituir a los que perdió, De la misma manera que los rebaños, Sí, de la misma manera que los
rebaños, los hijos no son nada más que eso, rebaños.
Noé y la familia ya se habían levantado del suelo y
asistían con asombro al diálogo del señor y caín, que
más parecía el de dos viejos amigos que acababan de
reencontrarse después de una larga separación. No me
has dicho qué estás haciendo aquí, dijo dios, Nada
especial, señor, es más, no vine, me encontré aquí, De la
misma manera que te encontraste en sodoma o en las
tierras de uz, Y también en el monte sinaí, y en jericó,

y en la torre de babel, y en las tierras de nod, y en el sacrificio de isaac, Has viajado mucho, por lo que se ve, Así es, señor, pero no por mi voluntad, me pregunto si estas continuas mudanzas que me llevan de un presente a otro, tanto del pasado como del futuro, no serán también obra tuya, No tengo nada que ver con eso, son habilidades primarias que se me escapan, trucos para épater le bourgeois, para mí el tiempo no existe, Admites entonces que hay en el universo otra fuerza, diferente y más poderosa que la tuya, Es posible, no tengo por hábito discutir trascendencias ociosas, pero una cosa vas a saber, no podrás salir de este valle, ni te aconsejo que lo intentes, a partir de ahora las salidas están guardadas, en cada una habrá dos querubines con espadas de fuego y con orden de matar a quien se aproxime, Como el que pusiste a la puerta del jardín del edén, Cómo lo sabes, Mis padres hablaban mucho de él. Dios se volvió a noé y le preguntó, Le has contado a este hombre para qué va a servir la barca, No, mi señor, que la lengua se me caiga de la boca si miento, tengo a mi familia como testigo, Eres un siervo leal, hice bien en elegirte, Gracias, señor, y, si me permites la pregunta, qué hago ahora con este hombre, Llévalo en la barca y júntalo a la familia, tendrás un hombre más para hacer hijos en tus nueras, espero que a sus maridos no les importe, Prometo que no les importará, yo mismo trataré de cumplir con mi parte, seré viejo, pero no tanto como para volver la cara ante un buen cuerpo de mujer. Caín se decidió a intervenir, Se puede saber de qué estáis hablando, preguntó, y el señor respondió como si repitiese un discurso ya hecho antes y memorizado, La tierra está completamente corrompida y llena de violencia, sólo encuentro en ella corrupción, pues todos sus habitantes han seguido caminos errados, la maldad de los hombres es grande, todos sus pensamientos y deseos se dirigen siempre y únicamente hacia el mal, me arrepiento de haber creado al hombre, pues por su causa mi corazón ha sufrido amargamente, el fin de todos los hombres ha llegado para mí, y porque ellos llenaron la tierra de iniquidad, voy a exterminarlos, a ellos y a la tierra, y es a ti, noé, a quien he elegido para que inicies la nueva humanidad, y así mandé que construyeses un arca de maderas resinosas, que la dividieses en compartimentos y la protegieras con alquitrán por dentro y por fuera, te ordené que su largo fuese de seiscientos pies y ellos ahí están, que la anchura fuese de cien pies y la altura de sesenta, que en lo alto hicieras una lumbrera a dos pies de altura, que colocases la puerta del arca a un lado y construyeses en ella un piso inferior, un segundo y un tercer piso, pues voy a lanzar un diluvio de agua que, al inundarlo todo, eliminará a todos los seres vivos que existen bajo el cielo, todo cuanto hay en la tierra va a morir, pero contigo, noé, hice un pacto de alianza, en el momento apropiado entrarás en el arca con tus hijos, tu mujer y las mujeres de tus hijos, y de todas las especies de seres vivos llevarás al arca dos ejemplares, macho y hembra, para que puedan vivir contigo, por tanto, de cada especie diferente de seres vivos, sean aves, cuadrúpedos u otros animales, irán dos ejemplares contigo, debes también buscar y almacenar los diferentes tipos de comida que cada especie suele comer, así como provisiones para ti y para todos los animales. Éste fue el discurso del señor. Entonces caín dijo, Con estas dimensiones y la carga que va a llevar dentro, el arca no podrá flotar, cuando el valle comience a inundarse, no habrá impulso de agua capaz de levantarla del suelo, el resultado será que se ahogarán todos los que estén dentro y la esperada salvación se transformará en una ratonera, Mis cálculos no me dicen eso, enmendó el señor, Tus cálculos están equivocados, un barco debe ser construido junto al agua, no en un valle rodeado de montañas, a una distancia enorme del mar, cuando está terminado se empuja al agua y es el propio mar, o el río, si ése fuera el caso, quienes se encargan de levantarlo, tal vez no sepas que los barcos flotan porque todo cuerpo sumergido en un fluido experimenta un empuje vertical y hacia arriba igual al peso del fluido desalojado, es el principio de arquímedes, Permíteme, señor, que yo exprese mi pensamiento, dijo noé, Habla, dijo dios, manifiestamente contrariado, Caín tiene razón, señor, si nos quedamos a la espera de que el agua nos levante acabaremos muriendo todos ahogados y no podrá haber otra humanidad. Frunciendo la frente para pensar mejor, el señor le dio unas cuantas vueltas al asunto y acabó llegando a la misma conclusión, tanto trabajo para inventar un valle que antes no existía, y ahora para nada. Entonces dijo, El asunto tiene buen remedio, cuando el arca esté lista, mandaré a mis ángeles obreros para que la transporten por los aires hasta la costa del mar más próximo, Es mucho peso, señor, los ángeles no van a poder, dijo noé, No sabes la fuerza que tienen los ángeles, con un solo dedo levantarían una montaña, lo que me salva es que sean tan disciplinados, si no fuera por eso, ya habrían organizado un complot para deponerme, Como satán, dijo caín, Sí, como satán, pero a éste ya he encontrado una manera de tenerlo contento, de vez en cuando le dejo una víctima en sus manos para que se entretenga, y con eso le basta, Tal como le hiciste a job, que no osó maldecirte, pero que lleva en el corazón toda la amargura del mundo, Qué sabes tú del corazón de job, Nada, pero sé todo del mío y algo del tuyo, respondió caín, No creo, los dioses son como pozos sin fondo, si te asomas a ellos ni siquiera conseguirás ver tu imagen, Con el tiempo todos los pozos acaban secándose, tu hora también ha de llegar. El señor no respondió, pero miró fijamente a caín y dijo, Tu señal de la frente está mayor, parece un sol negro levantándose sobre el horizonte de los ojos, Bravo, exclamó caín batiendo palmas, no sabía que fueses dado a la poesía, Es lo que te acabo de decir, no sabes nada de mí. Con esta sentida declaración dios se apartó y, más discretamente que a la llegada, se sumió en otra dimensión.

Espoleado por un debate en el que, según la opinión de cualquier observador imparcial, no había interpretado un papel que se pudiera calificar de brillante, el señor decidió mudar de planes. Acabar con la humanidad no era lo que se podría llamar una tarea urgente, la obligada extinción del bicho hombre podría esperar dos o tres o incluso diez siglos, pero, una vez que había tomado la decisión, dios andaba ya sintiendo una especie de hormigueo en la punta de los dedos que era señal de impaciencia grave. Decidió por tanto movilizar a su legión de ángeles obreros con efecto inmediato, o sea, en vez de utilizarlos solamente para llevar el arca al mar como había previsto, los mandó a ayudar a la exhausta familia de noé, que, como puede observarse, andaba más muerta que viva en aquel tráfico. Pocos días después aparecieron los ángeles, en formación de columnas de a tres, y se pusieron inmediatamente manos a la obra. El señor no había exagerado cuando dijo que los ángeles tenían mucha fuerza, basta ver la naturalidad con que se colocan los gruesos tablones debajo del brazo, como si fuese el periódico de la tarde, y los llevan, si es necesario, de una punta a otra del arca, seiscientos pies o, en medida moderna, ciento cincuenta metros, prácticamente un portaaviones. Lo más sorprendente, sin embargo, era la forma que tenían de introducir los clavos en la madera. No usaban martillos, ponían el clavo en posición vertical con la punta hacia abajo y, con el puño cerrado, le daban un golpe seco en la cabeza, con lo que la pieza metálica penetraba sin ninguna resistencia, como si, en vez de entrar en aquel durísimo roble, se tratase de manteca en el verano. Más asombroso todavía era ver cómo cepillaban una tabla, ponían la palma de la mano encima y la movían hacia delante y hacia atrás y, sin producir una sola viruta ni el menor vestigio de aserradura, la tabla iba disminuyendo de espesura hasta llegar a la medida justa. En caso de tener que abrir un agujero para introducir una clavija, el simple dedo índice les bastaba. Era un espectáculo verlos trabajar así. No es sorprendente, por tanto, que la obra fuera avanzando con una celeridad antes inimaginable, no había tiempo ni para apreciar los cambios. Durante este periodo el señor sólo se apareció una vez. Le preguntó a noé si todo estaba marchando bien, quiso saber si caín iba ayudando a la familia, y era cierto que sí, señor, ayudaba, la prueba es que ya había dormido con dos de las nueras y se preparaba para dormir con la tercera. El señor le preguntó también a noé cómo llevaba lo de seleccionar a los animales que irían en el arca, y el patriarca dijo que una buena parte ya estaba reunida y que, en cuanto la obra del arca estuviera acabada, conseguirían los que todavía faltaban. No era verdad, era, tan sólo, una pequeña parte de la verdad. Realmente tenían unos cuantos animales, de los más comunes, en un cercado instalado al otro lado del valle, poquísimos si los comparamos con el plan de recogida establecido por el señor, es decir, todos los bichos vivientes, desde el panzudo hipopótamo hasta la más insignificante pulga, sin olvidar lo que hubiese desde ahí para abajo, incluyendo los microorganismos, que también son gente. Gente, en este amplio y generoso sentido, son también ciertos animales de los que mucho se habla en ciertos círculos restringidos que cultivan el esoterismo, pero que nunca nadie podrá presumir de haber visto. Nos referimos, por ejemplo, al unicornio, al ave fénix, al hipogrifo, al centauro, al minotauro, al basilisco, a la quimera, a todo ese animalario desemejante y heterogéneo que no tiene más que una justificación para existir, haber sido producido por dios en una hora de extravagancia, aunque creados del mismo modo que hizo al asno ordinario, de los muchos que pueblan estas tierras. Imagínese el orgullo, el prestigio, el crédito que noé ganaría ante los ojos del señor si consiguiese convencer a uno de estos animales para que entrara en el arca, el unicornio preferentemente, suponiendo que lo consiguiera encontrar alguna vez. El problema del unicornio es que no se le conoce hembra, luego no hay manera de que pueda reproducirse por las vías normales de la fecundación y la gestación, aunque, bien pensado, tal vez no se necesite, pues la continuidad biológica no lo es todo, basta con que la mente

humana cree y recree aquello que oscuramente profesa. Para todas las tareas que todavía le faltan por
ejecutar, como son la recogida completa de los animales y el abastecimiento de comestibles, noé espera contar con la competente colaboración de los ángeles
obreros, los cuales, honra les sea hecha, siguen trabajando con un entusiasmo digno de todos los encomios.
Entre ellos no muestran ninguna reluctancia en reconocer que la vida en el cielo es la cosa más aburrida
que alguna vez se haya inventado, siempre el coro de
los ángeles proclamando a los cuatro vientos la grandeza del señor, la generosidad del señor, incluso la belleza del señor. Ya era hora de que estos y otros ángeles
comenzaran a experimentar las sencillas alegrías de la
gente común, no siempre ha de ser necesario, para mayor exaltación del espíritu, prender fuego a sodoma o
hacer sonar las trompetas para derribar las murallas
de jericó. Por lo menos en este caso, desde el punto de
vista particular de los ángeles obreros, la felicidad en
la tierra es en todo superior a la que se puede tener
en el cielo, pero el señor, claro está, siendo tan envidioso como es, no lo debería saber, bajo pena de ejercer sobre los pensamientos sediciosos las más duras
represalias sin mirar a patentes angélicas. Gracias a la
buena armonía reinante entre el personal que trabajaba en el arca, caín pudo conseguir que su burro, cuando llegase el momento adecuado, fuera introducido
por la puerta del caballo, o dicho más claramente, como

pasajero clandestino, escapando así del ahogamiento general. También gracias a esa relación cordial logró compartir ciertas dudas y perplejidades de los ángeles. A dos de ellos, con los que había establecido lazos que en el plano humano serían fácilmente clasificables de camaradería y amistad, caín les preguntó si realmente pensaban que, exterminada esta humanidad, la que la sucediera no acabaría cayendo en los mismos errores, en las mismas tentaciones, en los mismos desvaríos y crímenes, y ellos respondieron, Nosotros simplemente somos ángeles, poco sabemos de esa charada indescifrable a la que llamáis naturaleza humana, pero, hablando con franqueza, no vemos cómo puede resultar satisfactoria la segunda experiencia cuando la primera ha terminado en este tendal de miserias que tenemos delante de los ojos, nuestra sincera opinión de ángeles, resumiendo, es que, considerando las pruebas dadas, los seres humanos no merecen la vida, De verdad creéis que los hombres no merecen vivir, preguntó caín, perplejo, No es eso lo que hemos dicho, lo que hemos dicho, y lo repetimos, es que los seres humanos, viendo cómo se han comportado a lo largo de los tiempos conocidos, no merecen la vida con todo lo que, a pesar de sus lados negros, que son muchos, tiene de bello, de grande, de maravilloso, respondió uno de los ángeles, O sea, decir una cosa no es decir la otra, añadió el segundo ángel, Si no es lo mismo, es casi lo mismo, insistió caín, Lo será, pero la diferencia está en ese casi, y es una enorme diferencia, Que yo sepa, nosotros nunca nos hemos preguntado si merecíamos o no la vida, dijo caín, Si lo hubierais pensado, tal vez no os encontraríais en la inminencia de desaparecer de la faz de la tierra, No merece la pena llorar, no se va a perder mucho, respondió caín dando voz a un sombrío pesimismo nacido y formado en los sucesivos viajes a los horrores del pasado y del futuro, si los niños que murieron quemados en sodoma no hubieran nacido, no habrían tenido que dar aquellos gritos que yo oí mientras el fuego y el azufre iban cayendo sobre sus inocentes cabezas, La culpa la tuvieron los padres, dijo uno de los ángeles, No hay razón para que los hijos tengan que sufrir por ello, El error es creer que la culpa ha de ser entendida de la misma manera por dios y por los hombres, dijo el otro ángel, En el caso de sodoma alguien la tuvo, y ése fue un dios absurdamente apresurado que no quiso perder tiempo apartando para el castigo solamente a los que, según su criterio, andaban practicando el mal, además, ángeles, dónde ha nacido esa peregrina idea de que dios, simplemente porque es dios, debe gobernar la vida íntima de sus creyentes, estableciendo reglas, prohibiciones, interdictos y otras patrañas del mismo calibre, preguntó caín, Eso no lo sabemos, dijo uno de los ángeles, De estas cosas, lo que nos dicen es prácticamente nada, hablando claro, sólo servimos para los trabajos pesados, añadió el otro en tono de queja, cuando llegue el momento de levantar la barca y llevarla al mar, puedes apostar lo que quieras a que no verás por aquí ni serafines, ni querubines, ni tronos, ni arcángeles, No me sorprende, comenzó a decir caín, pero la frase se quedó en el aire, suspensa, mientras una especie de viento le azotaba los oídos y de repente se halló en el interior de una tienda. Había un hombre acostado, desnudo, y ese hombre era noé, a quien la embriaguez había dejado sumido en el más profundo de los sueños. Se encontraba allí otro hombre que estaba manteniendo trato carnal con él y ese hombre era cam, su hijo más joven, padre, a su vez, de canaán. Cam vio desnudo a su propio padre, manera elíptica, más o menos discreta, de describir lo que de inconveniente y reprobable estaba pasando en la tienda. Para colmo, el hijo que había cometido la falta fue después contándoles todo a los hermanos, sem y jafet, que estaban fuera de la tienda, pero éstos, compasivos, tomaron un manto y, llevándolo en alto, se aproximaron de espaldas al padre, de tal modo que no lo vieran desnudo. Cuando noé despierte y se dé cuenta del insulto con que cam lo ha ofendido, dirá, haciendo caer sobre sus descendientes la maldición que herirá a todo el pueblo cananeo, Maldito sea canaán, que él sea el último de los esclavos de sus hermanos, ellos sí bendecidos por el señor mi dios, que canaán sea su esclavo, que dios haga crecer a jafet, que sus descendientes se multipliquen con los de sem y que los de canaán les sirvan de esclavos. Caín ya no estaba allí, el mismo rápido soplo de viento lo condujo a la puerta del arca en el preciso momento en el que se venían acercando noé y su hijo cam con las últimas noticias, Partimos mañana, dijeron, los animales ya están todos en el arca, los comestibles almacenados, podemos levar anclas.

13

Dios no vino a la botadura. Estaba ocupado con la revisión del sistema hidráulico del planeta, comprobando el estado de las válvulas, apretando alguna tuerca mal ajustada que goteaba donde no debía, probando las diversas redes locales de distribución, vigilando la presión de los manómetros, además de una infinidad de otras grandes y pequeñas tareas, cada una de ellas más importante que la anterior y que sólo él, como creador, ingeniero y administrador de los mecanismos universales, estaba en condiciones de llevar a buen término y confirmar con su sagrado ok. La fiesta, para otros. Para él, el trabajo. En horas así se sentía menos como un dios que como un contramaestre de los ángeles obreros, los cuales, en este preciso y exacto momento, ciento cincuenta a estribor del arca, ciento cincuenta a babor, con sus blanquísimos trajes de trabajo, esperan la orden de alzar la enorme embarcación, no diremos a una sola voz porque ninguna se oirá, que toda esta operación es obra de la mente, como si lo pensase un solo hombre con su único cerebro y su única voluntad. En un instante el arca estaba en el suelo, en el instante siguiente subía a la altura de los brazos de los ángeles obreros, como un ejercicio gimnástico de pesos y halteras. Entusiasmados, noé y la familia miraban con medio cuerpo fuera de la ventana para apreciar mejor el espectáculo, con riesgo de que algunos de ellos se cayeran, como pensó caín. Un nuevo impulso y el arca se encontró en una región superior del aire. Fue entonces cuando noé dio un grito, El unicornio, el unicornio. Efectivamente, galopando a lo largo del arca corría aquel animal sin par en la zoología, con su cuerno en espiral, todo él de una blancura deslumbrante, como si fuera un ángel, ese caballo fabuloso de cuya existencia tantos habían dudado, y ahora estaba ahí, casi al alcance de la mano, bastaría pedir que bajaran el arca, abrirle la puerta y atraerlo con un terrón de azúcar, que es el mimo que la especie equina más aprecia, es casi su perdición. De repente, el unicornio, así como apareció, desapareció. Los gritos de noé, Bajen, bajen, fueron inútiles. La maniobra de aterrizaje habría sido logísticamente complicada, y para qué, si el animal ya se había esfumado, quién sabe en qué tierras andará en este momento. Mientras tanto, a una velocidad mucho mayor que la del zepelín hindenburg, el arca surcaba los aires en dirección al mar, donde, cuando el calado fue el apropiado, se posó. Dando origen a una ola enorme, un auténtico tsunami, que llegó a las playas, destrozando los barcos y las cabañas de los pescadores, ahogando a unos cuantos, arruinando las artes de pesca, como un aviso de lo que habrá de venir. Lo que no hizo que el señor mudara de opinión, pues aunque sus cálculos podrían estar equivocados, como la prueba real no había sido llevada a cabo, todavía gozaba del beneficio de la duda. Dentro del arca, la familia de noé daba gracias a dios y, para festejar el éxito de la operación y expresar su reconocimiento, le sacrificó un cordero al señor, al que la ofrenda, como es lógico, conocidos los antecedentes, satisfizo. Tenía razón, noé había sido una buena elección para padre de la nueva humanidad, la única persona justa y honesta del momento, que era él, enmendaría los errores del pasado y expulsaría de la tierra la iniquidad. Y los ángeles, dónde están los ángeles obreros, preguntó súbitamente caín. No estaban. Realizada de tan perfecta y completa manera la incumbencia del señor, los diligentes obreros, con la simplicidad que los caracterizaba y de la que nos dieron no pocas pruebas desde el primer día en que los conocimos, habían regresado a los cuarteles sin esperar la distribución de medallas. El arca, es bueno recordarlo, no tiene mástil ni vela, no trabaja a motor, no se le puede dar cuerda, y hacerla navegar con remos sería literalmente impensable, ni siquiera las fuerzas de todos los ángeles disponibles en el cielo serían capaces de moverla por ese medio. Bogará por tanto al sabor de las corrientes, se dejará empujar por los vientos que le soplen la panza, de modo que la maniobra marinera será mínima y el viaje un largo descanso, salvo las ocasiones de actividad amatoria, que no serán pocas ni breves y para las que la contribución de caín, por lo que hemos podido observar, es del todo ejemplar. Que lo digan las nueras de noé, que no pocas veces han abandonado a mitad de la noche las camas donde yacían con sus maridos para ir a cubrirse, no tanto con la manta que tapa a caín, sino con su joven y experimentado cuerpo.

Pasados siete días, número cabalístico por excelencia, se abrieron finalmente las compuertas del cielo. La lluvia caerá sobre la tierra, sin parar, durante cuarenta días y cuarenta noches. Al principio no se notaba la diferencia del efecto de las cataratas que continuamente se despeñaban del cielo con un rugido ensordecedor. Era lógico, la fuerza de la gravedad dirigía los torrentes hacia el mar, y allí, a primera vista, era como si desapareciesen, pero no pasó mucho tiempo antes de que las fuentes del océano profundo reventaran a su vez y el agua comenzara a subir a la superficie en cañones y chorros del tamaño de montañas que tanto aparecían como desaparecían, fundiéndose con la inmensidad del mar. En medio de esta convulsión acuática dispuesta a engullirlo todo, la barca lograba aguantar, balanceándose a un lado y a otro como un corcho, enderezándose en el último instante cuando el mar ya estaba a punto de tragarla. Al cabo de ciento cincuenta días, después de que las fuentes del mar profundo y las compuertas del cielo se hubiesen cerrado, el agua, que había cubierto toda la tierra por encima de las sierras más altas, comenzó a bajar lentamente. Ocurrió por esos días que una de las nueras de noé, la mujer de cam, murió en un accidente. Al contrario de lo que quedó antes dicho o dimos a entender, había una gran necesidad de mano de obra en la barca, no de marineros, es cierto, sino de personal de limpieza. Centenares, por no decir millares de animales, muchos de gran porte, llenaban hasta los topes las bodegas y todos cagaban y meaban que daba gloria verlos. Limpiar aquello, baldear toneladas de excrementos todos los días era una durísima prueba para las cuatro mujeres, una prueba física en primer lugar, pues de allí salían exhaustas las pobres, pero también sensorial, con ese insoportable hedor a mierda y orina que traspasaba la propia piel. En uno de esos días de tempestad desatada, con el arca sacudida por la tormenta y los animales atropellándose unos a otros, la mujer de cam, que se había escurrido en el suelo inmundo, acabó bajo las patas de un elefante. La lanzaron al mar tal como se encontraba, ensangrentada, sucia de excrementos, un mísero despojo humano sin honra ni dignidad. Por qué no la limpian antes, preguntó caín, y noé respondió, Va a tener mucha agua para lavarse. A partir de este momento y hasta el final de la historia, caín lo odiará a muerte. Se dice que no hay efecto sin causa ni causa sin efecto, dándose a entender de este modo que las relaciones entre una cosa y otra deberán

181

ser, en cada momento, no sólo patentes, sino comprensibles en todos sus aspectos, tanto los consecuentes como los subsecuentes. No nos arriesgamos a sugerir que deba ser incluida en este cuadro general la explicación del cambio de actitud de la mujer de noé. Ella podría haber pensado, simplemente, que al faltar la mujer de cam, ótra debería ocupar su lugar, no para acoger al viudo en sus noches ahora solitarias, sino para recuperar la armonía antes vivida entre las hembras más jóvenes de la familia y el huésped caín, o, dicho con palabras más claras y directas, si antes él tenía tres mujeres a su disposición, no había ninguna razón para que no siguiera teniéndolas. No sabía ella, no podía saberlo, que en la cabeza del hombre rondaban ideas que convertían esa cuestión en algo absolutamente secundario. En cualquier caso, como una cosa no molesta a la otra, caín acogió con simpatía sus insinuaciones, Aquí donde me ves, pese a la edad, que ya no es la de la primera juventud, y habiendo parido tres hijos, todavía me siento muy apetecible, tú qué crees, caín, preguntó ella. Hacía mucho tiempo que ya no llovía, la enorme masa de agua se entretenía ahora en macerar a los muertos y empujarlos dulcemente, con su eterno balanceo, hasta la boca de los peces. Caín estaba asomado a la ventana para ver el mar que resplandecía bajo la luna, había pensado un poco en lilith y en su hijo enoc, ambos muertos, pero de una manera distraída, como si no le importase mucho, y fue

entonces cuando oyó susurrar a su lado, Aquí donde
me ves. Desde allí se fueron, él y ella, hasta el cubículo donde caín solía dormir, no esperaron siquiera a que
noé, ya entregado a los brazos de morfeo, se ausentase
del mundo, y, cuando acabaron, el hombre tuvo que
reconocer que la mujer tenía razón en el juicio que sobre sí misma había realizado, todavía estaba allí para
lavar y durar, y mostraba tener, en ciertos momentos,
una experiencia acrobática que las otras no habían
conseguido alcanzar, ya fuese por falta de vocación
natural, ya por la inhibición causada por la conducta
tradicional de los respectivos maridos. Y, puesto que
estamos hablando de maridos, dígase que cam fue el
segundo en desaparecer. Había subido a la cubierta
del arca para ajustar unas tablas que crujían con el
balanceo y que le impedían dormir, cuando alguien se
aproximó, Me ayudas, preguntó él, Sí, fue la respuesta,
y lo empujó al mar, una caída de una altura de quince
metros que parecía interminable, pero que luego acabó. Noé mostró su indignación, su enfado, dijo que,
después de tanto tiempo de prácticas de navegación,
sólo una imperdonable falta de atención en el trabajo
podría explicar lo sucedido, Abrid bien los ojos, exigió,
mirad dónde ponéis los pies, y continuó, Hemos perdido a una pareja, eso significa que vamos a tener que
copular mucho más si queremos que la voluntad del
señor se cumpla, que es la de que seamos los padres y
las madres de la nueva humanidad. Se interrumpió

durante un instante y, dirigiéndose a las dos nueras que le quedaban, preguntó, Alguna de vosotras está embarazada. Una de ellas respondió que sí, que estaba embarazada, la otra que todavía no estaba segura, pero que tal vez, Y quién es el padre, Me da que es caín, dijo la mujer de jafet, A mí también, dijo la mujer de sem, Parece imposible, dijo noé, si a vuestros maridos les está faltando la potencia genesiaca, lo mejor es que os acostéis sólo con caín, tal como, por otra parte, ya había previsto desde el principio, remató. Las mujeres, incluyendo la del propio noé, sonrieron para sus adentros, ellas sabrán por qué. En cuanto a los hombres, a ésos no les había gustado la reprimenda pública, pero prometieron, si se les permitía, ser más diligentes en el porvenir. Es curioso que las personas hablen tan ligeramente del futuro, como si lo tuviesen en la mano, como si estuviera en su poder apartarlo o aproximarlo de acuerdo con las conveniencias y necesidades de cada momento. Jafet, por ejemplo, ve el futuro como una sucesión de cópulas bien sucedidas, un hijo por año, gemelos unas cuantas veces, la mirada complaciente del señor sobre su cabeza, muchas ovejas, muchas yuntas de bueyes, en suma, la felicidad. No sabe, el pobre, que su fin está cerca, que una zancadilla lo precipitará al vacío sin chaleco salvavidas, que braceará su inútil desesperación hasta la agonía, dando gritos, mientras el arca se va distanciando majestuosamente al encuentro de su destino. La pérdida de un tripulante más angustió a noé hasta un extremo indescriptible, la deseada realización del plan del señor se encontraba en grave riesgo, vista la situación habría que imponer la necesidad de duplicar, o hasta incluso triplicar, el tiempo indispensable para una razonable repoblación de la tierra. Cada vez se hacía más necesaria la colaboración de caín, por eso noé, ya que él no parecía decidirse, optó por tener una conversación de hombre a hombre con él, Dejémonos de rodeos y de medias palabras, dijo, tienes que poner inmediatamente manos a la obra, a partir de hoy será cuando quieras y como quieras, a mí estas preocupaciones me matan, no puedo ser de gran ayuda por ahora, Cuando quiera y como quiera, qué significa eso, preguntó caín, Sí, y con quien quieras, respondió noé, exhibiendo su mejor cara de entendido, Incluyendo a tu mujer, quiso saber caín, Insisto en que lo hagas, mi mujer es mía, puedo hacer con ella lo que me apetezca, Sobre todo tratándose de una buena obra, insinuó caín, Una obra pía, una obra del señor, asintió noé con la solemnidad apropiada, Siendo así, comencemos ya, dijo caín, mándala venir conmigo al cubículo donde duermo y que nadie nos incomode ocurra lo que ocurra y se oiga lo que se oiga, Así lo haré, y que se cumpla la voluntad del señor, Amén. Habrá quienes piensen que el malicioso caín está divirtiéndose con la situación, jugando al ratón y al gato con sus inocentes compañeros de navegación, a los que, como el lector ya ha sospechado, está eliminando uno a uno. Se equivoca quien así lo crea. Caín dirime su rabia contra el señor, como si estuviese preso entre los tentáculos de un pulpo, y estas sus víctimas de ahora sólo son, como abel lo fue en el pasado, otras tantas tentativas de matar a dios. La próxima víctima será justamente la mujer de noé, que, sin merecerlo, pagará con la vida las horas de gozo pasadas en los brazos de su futuro asesino con la bendición y la connivencia del propio marido, a tal punto había llegado la laxitud de las costumbres de esta humanidad a cuyos últimos días estamos asistiendo. Después de la repetición, en cualquier caso con algunas variaciones más o menos sutiles, de unos cuantos excesos de delirios eróticos protagonizados principalmente por la mujer y expresados, como siempre, con murmullos, gemidos y luego con incontrolables gritos, caín la llevó del brazo hasta la ventana para tomar el fresco de la noche y allí, metiéndole las manos entre los muslos todavía trémulos de placer, la arrojó al mar. De las ocho personas que componían la familia de noé, sólo quedaban ahora, además del propio patriarca, su hijo sem con su mujer y la viuda de jafet. Dos mujeres todavía son capaces de mucho, pensaba noé con su indefectible optimismo y su ciega confianza en el señor. No dejó sin embargo de mostrar extrañeza ante la inexplicable desaparición de su esposa y se la manifestó a caín, Ella estaba en todo bajo tu cuidado, no comprendo cómo puede haber sucedido esta desgracia, a lo que caín respondió preguntando, Y era yo el guardaespaldas de tu mujer, la llevaba yo atada a mí con una cuerda como si fuese una oveja, No digo eso, se arrugó noé, pero ella dormía contigo, podías haberte dado cuenta de algo, Tengo el sueño pesado. La conversación no fue más lejos, verdaderamente no se podía responsabilizar a caín por el hecho de que la mujer se hubiera levantado para ir a orinar fuera, con la brisa nocturna, y allí sufriera, por ejemplo, un mareo para después caer por un desagüe y desaparecer en las aguas. Cosas de la fatalidad. El nivel del inmenso mar que cubría la tierra seguía bajando, pero ninguna cima de montaña levantaba aún la cabeza para decir, Aquí estoy, mi nombre es ararat y estoy en turquía. De un modo u otro, el gran viaje se aproximaba a su fin, había llegado el tiempo de comenzar a preparar la conclusión, el desembarque o lo que tuviera que suceder. Sem y su mujer cayeron al mar el mismo día en circunstancias que quedarán por explicar, y lo mismo le sucedió a la viuda de jafet, que todavía en la víspera había dormido en la cama de caín. Y ahora, clamaba noé tirándose del pelo en la más absoluta desesperación, todo está perdido, sin mujeres que fecunden no habrá vida ni humanidad, más nos hubiera valido contentarnos con la que teníamos, que ya la conocíamos, e insistía perdido de dolor, Con qué cara voy a comparecer delante del señor, con este barco lleno de animales, qué he de hacer yo, cómo viviré el resto de mi vida, Tírate desde aquí, dijo caín, ningún ángel vendrá a recogerte en sus brazos. Algo sonó en la voz con que lo dijo que hizo que noé despertara a la realidad, Fuiste tú, afirmó, Sí, fui yo, respondió caín, pero a ti no te tocaré, morirás por tus propias manos, Y dios, qué dirá dios, preguntó noé, Vete tranquilo, de dios me encargo yo. Noé dio la media docena de pasos que lo separaban de la borda y, sin una palabra, se dejó caer.

Al día siguiente la barca de noé tocó tierra. Entonces se oyó la voz de dios, Noé, noé, sal del arca con tu mujer y tus hijos y las mujeres de tus hijos, retira también del arca a los animales de todas las especies que contigo van, las aves, los cuadrúpedos, todos los reptiles que reptan por la tierra, a fin de que se expandan por el mundo y por todas partes se multipliquen. Hubo un silencio, después la puerta del arca se abrió lentamente y los animales comenzaron a salir. Salían, salían y no acababan de salir, unos grandes, como el elefante y el hipopótamo, otros pequeños, como la lagartija y el grillo, otros de tamaño medio, como la cabra y la oveja. Cuando las tortugas, que fueron las últimas, se apartaban, lentas y compenetradas como está en su naturaleza, dios llamó, Noé, noé, por qué no sales. Caín, saliendo del oscuro interior del arca, apareció en el umbral de la gran puerta, Dónde están noé y los suyos, preguntó el señor, Por ahí, muertos, respondió caín, Muertos, cómo muertos, por qué, Menos noé, que se ahogó por su libre voluntad, a los otros los he matado yo, Cómo te atreves, asesino, a contrariar mi proyecto, así me agradeces el haberte salvado la vida cuando mataste a abel, preguntó el señor, El día en que alguien te colocara ante tu verdadero rostro tenía que llegar, Entonces la nueva humanidad que yo había anunciado, Hubo una, no habrá otra y nadie la echará de menos, Caín eres, el malvado, el infame asesino de su propio hermano, No tan malvado e infame como tú, acuérdate de los niños de sodoma. Hubo un gran silencio. Después caín dijo, Ahora ya puedes matarme, No puedo, la palabra de dios no tiene vuelta atrás, morirás de muerte natural en la tierra abandonado y las aves de rapiña vendrán y te devorarán la carne, Sí, después de que tú me hayas devorado primero el espíritu. La respuesta de dios no llegó a ser oída, también se perdió lo que dijo caín, lo lógico es que hayan argumentado el uno contra el otro una vez y muchas más, aunque la única cosa que se sabe a ciencia cierta es que siguieron discutiendo y que discutiendo están todavía. La historia ha acabado, no habrá nada más que contar.

EL VIAJE
DEL ELEFANTE
José Saramago

A mediados del siglo XVI el rey Juan III ofrece a su primo,
el archiduque Maximiliano de Austria, un elefante asiático.
Esta novela cuenta el viaje épico de ese elefante llamado
Salomón que tuvo que recorrer Europa por caprichos reales
y absurdas estrategias.

El viaje del elefante no es un libro histórico, es una
combinación de hechos reales e inventados que nos hace
sentir la realidad y la ficción como una unidad indisoluble,
como algo propio de la gran literatura. Una reflexión sobre la
humanidad en la que el humor y la ironía, marcas
de la implacable lucidez del autor, se unen a la compasión con
la que José Saramago observa las flaquezas humanas.

Escrita diez años después de la concesión del Premio Nobel,
El viaje del elefante nos muestra a un Saramago en todo su
esplendor literario.

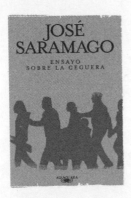

ENSAYO SOBRE LA CEGUERA
José Saramago

Un hombre parado ante un semáforo en rojo se queda ciego
súbitamente. Es el primer caso de una «ceguera blanca» que se
expande de manera fulminante. Internados en cuarentena
o perdidos en la ciudad, los ciegos tendrán que enfrentarse
con lo que existe de más primitivo en la naturaleza humana:
la voluntad de sobrevivir a cualquier precio.

Ensayo sobre la ceguera es la ficción de un autor que nos
alerta sobre «la responsabilidad de tener ojos cuando otros
los perdieron». José Saramago traza en este libro una imagen
aterradora y conmovedora de los tiempos que estamos
viviendo. En un mundo así, ¿cabrá alguna esperanza?

El lector conocerá una experiencia imaginativa única. En un
punto donde se cruzan literatura y sabiduría, José Saramago
nos obliga a parar, cerrar los ojos y ver. Recuperar la lucidez
y rescatar el afecto son dos propuestas fundamentales
de una novela que es, también, una reflexión
sobre la ética del amor y la solidaridad.

Alfaguara es un sello editorial del Grupo Santillana

www.alfaguara.com

Argentina
Av. Leandro N. Alem, 720
C 1001 AAP Buenos Aires
Tel. (54 114) 119 50 00
Fax (54 114) 912 74 40

Bolivia
Avda. Arce, 2333
La Paz
Tel. (591 2) 44 11 22
Fax (591 2) 44 22 08

Chile
Dr. Aníbal Ariztía, 1444
Providencia
Santiago de Chile
Tel. (56 2) 384 30 00
Fax (56 2) 384 30 60

Colombia
Calle 80, 9-69
Bogotá
Tel. (57 1) 635 12 00
Fax (57 1) 236 93 82

Costa Rica
La Uruca
Del Edificio de Aviación Civil 200 m al
Oeste
San José de Costa Rica
Tel. (506) 22 20 42 42 y 25 20 05 05
Fax (506) 22 20 13 20

Ecuador
Avda. Eloy Alfaro, 33-3470 y Avda. 6 de
Diciembre
Quito
Tel. (593 2) 244 66 56 y 244 21 54
Fax (593 2) 244 87 91

El Salvador
Siemens, 51
Zona Industrial Santa Elena
Antiguo Cuscatlan - La Libertad
Tel. (503) 2 505 89 y 2 289 89 20
Fax (503) 2 278 60 66

España
Torrelaguna, 60
28043 Madrid
Tel. (34 91) 744 90 60
Fax (34 91) 744 92 24

Estados Unidos
2023 N.W. 84th Avenue
Doral, F.L. 33122
Tel. (1 305) 591 95 22 y 591 22 32
Fax (1 305) 591 74 73

Guatemala
7ª Avda. 11-11
Zona 9
Guatemala C.A.
Tel. (502) 24 29 43 00
Fax (502) 24 29 43 43

Honduras
Colonia Tepeyac Contigua a Banco Cuscatlan
Boulevard Juan Pablo, frente al Templo
Adventista 7º Día, Casa 1626
Tegucigalpa
Tel. (504) 239 98 84

México
Avda. Universidad, 767
Colonia del Valle
03100 México D.F.
Tel. (52 5) 554 20 75 30
Fax (52 5) 556 01 10 67

Panamá
Vía Transísmica, Urb. Industrial Orillac,
Calle segunda, local 9
Ciudad de Panamá.
Tel. (507) 261 29 95

Paraguay
Avda. Venezuela, 276,
entre Mariscal López y España
Asunción
Tel./fax (595 21) 213 294 y 214 983

Perú
Avda. Primavera 2160
Surco
Lima 33
Tel. (51 1) 313 4000
Fax (51 1) 313 4001

Puerto Rico
Avda. Roosevelt, 1506
Guaynabo 00968
Puerto Rico
Tel. (1 787) 781 98 00
Fax (1 787) 782 61 49

República Dominicana
Juan Sánchez Ramírez, 9
Gazcue
Santo Domingo R.D.
Tel. (1809) 682 13 82 y 221 08 70
Fax (1809) 689 10 22

Uruguay
Constitución, 1889
11800 Montevideo
Tel. (598 2) 402 73 42 y 402 72 71
Fax (598 2) 401 51 86

Venezuela
Avda. Rómulo Gallegos
Edificio Zulia, 1º - Sector Monte Cristo
Boleita Norte
Caracas
Tel. (58 212) 235 30 33
Fax (58 212) 239 10 51

Este libro se terminó de imprimir en el mes de
Febrero del 2010, en Impresos Vacha, S.A. de C.V.
Juan Hernández y Dávalos Núm. 47, Col. Algarín,
México, D.F., CP 06880, Del. Cuauhtémoc.